あした、裸足でこい。2
岬　鷺宮
Misaki Saginomiya
illustration§Hiten
「きれいだね。よかった、巡と来られて……」

CHARACTERS

Tomorrow, when spring comes.

坂本巡〈さかもとめぐり〉

六曜春樹〈ろくようはるき〉

五十嵐萌寧〈いがらしもね〉

二斗千華〈にとちか〉

芥川真琴〈あくたがわまこと〉

料理対決 vs六曜

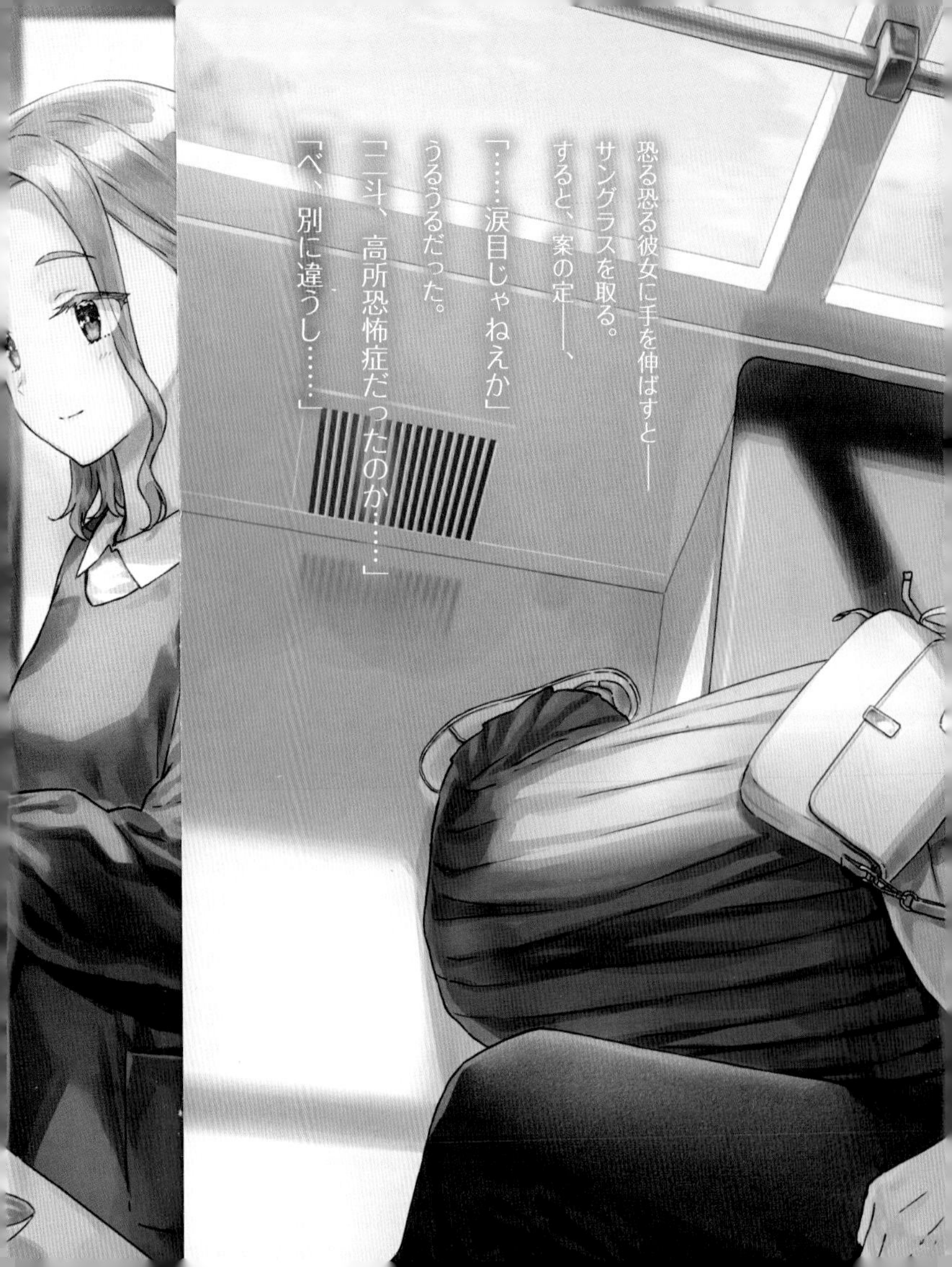

恐る恐る彼女に手を伸ばすと――

サングラスを取る。

すると、案の定――、

「……涙目じゃねえか」

うるうるだった。

「二斗、高所恐怖症だったのか……」

「べ、別に違うし……」

あした、裸足でこい。2

「Tomorrow, when spring comes.」

岬　鷺宮　illustration§Hiten

プローグ　prologue

【黒板の星】

「——未来から来たでしょ？」

わたしの言葉に、巡《めぐり》は硬直する。

「巡《めぐり》、わたしを助けるために——未来から戻ってきたでしょ？」

真っ暗な夜の校舎。その屋上に、わたしの声が溶けて消える。

ここにいるのはわたしたちと、萌寧《もね》、六曜《ろくよう》先輩。

それから、先日顧問になってくれた千代田《ちよだ》先生の五人だ。

巡《めぐり》以外は天体観測に夢中で、夜空の光を指差すのに没頭していて。こちらのやりとりに気付く気配はない。

——時間でも止まったみたいな沈黙のあと。

彼は冗談みたいに目を泳がせ、口をぱくぱくさせてから——、

「……な、何の話？」

——ひねり出すような声だった。

「未来……？　はは、どういうことだよ。ちょっと意味が……わかんないんだけど……」

笑ってるつもりなんだろう、無理矢理歪《ゆが》めた唇。

せわしなく瞬《まばた》きする瞳と、ズボンで汗を拭う手の平。

夜中の校舎。屋上の暗がりでもはっきりと見える彼の様子――。
胸元に、ぎゅっと苦しさを覚えた。
感情が衝動になってこみ上げて、声を漏らしそうになる。
本心は、もうバレバレなのに。
動揺も緊張も隠しきれてないのに、それでも必死にしらを切ろうとする巡《めぐり》。
そんな不器用な一生懸命さが――今のわたしにはたまらなく尊い。
人を傷つけてばかりの、どこか壊れてしまっているわたし。
そんな自分とは正反対の男の子――坂本巡《さかもとめぐり》。
彼は今日まで、必死に頑張ってくれた。
わたしのそばにいるため、全力で日々を過ごしてくれた。
わたしにはわかる。
それがどれだけ大変なことだったのかも、彼にとって特別なことだったのかも。
だって――わたしが、わたし自身が。
――同じようなことを、繰り返してきたんだから。

「……いいよ、もうごまかさなくて」

わたしは、ありったけのうれしさと「好き」って気持ちを込めて、巡《めぐり》に言う。

「わたしには隠さなくていいよ。色々事情は、わかってるつもりだから……」

そう、素のままでいてほしいんだ。

わたしの前では取り繕わないで、本心で向き合ってほしい。

わたしは、そういう君に恋をしてしまったんだから。

ただ——そんな気持ちは伝わらなかったらしくて。

「それは……その……」

怯《おび》えるような表情で、巡《めぐり》は視線を落とす。

「……でも、俺は……」

「……んー」

思わず、腕を組みうなってしまった。

……そっか、そんなに警戒されちゃうんだ。緊張して、うろたえて。

まあ……もう慣れっこなんだけどね。怖がられたり距離を取られたりするのには、「これまでの毎日」の中ですっかり慣れちゃった。

だから……これもしかたないんだと思う。わたしは、そういう人間だ。

なのに——長い逡巡《しゅんじゅん》のあと。

巡《めぐり》は決心したように顔を上げて、

「……話そう」
はっきりした声で、そう言ってくれる。
「一度、お互いのこと……できる範囲でちゃんと話そう！」
その表情にまだこびりつく――不安と緊張。
それでも、わたしを真《ま》っ直《す》ぐ見てくれている目――。
……ああ、と。声を漏らしそうになった。
胸にこみ上げる鮮やかな喜びに、思わず夜空を見上げる。
幼い頃の巡《めぐり》が、感動したという星空。
無限の黒を背景に、散らばっている無数の光点たち。
それが――今のわたしには、それはただ平面に張り付いた埃《ほこり》みたいに見えた。
黒い下敷きについた消しゴムのカス。
あるいは、放置された車のボンネットに乗った土埃《つちぼこり》たち。
気持ちは一ミリも動かないし、記憶にだって残らない。
だとしても、
「……うん、そうしよう」
彼の隣なら、変われそうな気がした。
巡《めぐり》みたいに、いつかこの星空に鳥肌を立てられるかもしれない。

吸い込まれるような感覚を覚えられるかもしれない。

つまり――、

「一度、話をしようか」

――この世界を、きれいだと思えそうな気がするんです。

第一話　chapter1

【オー！　マイ・ガールフレンズ】

「――んー、初日かな」

――いつ思ったんだよ？　俺が、未来から来ただなんて。

そんな質問に答える二斗《にと》の声は……思いのほかあっけらかんとしていた。

「入学式の日にさ、部室で話したとき。『お、もしかして？』って思ったんだよ」

「おいマジか……！」

思わず大声が出た。

「入学式の日？　部室で……⁉」

最初に時間移動したときじゃねえか！

偶然三年前に戻っちゃって、わけもわからずふらふらしてたとき……。

さすがに早すぎだろ、初見で見抜くとか……！

「な、なんで、そんなこと思ったんだよ！」

納得できなくて、食いつくように俺は尋ねる。

「そんな、長話とかしたわけでもないのに、なんで……！」

「いや、あのとき巡《めぐり》、ピアノ弾いてたし」

当たり前でしょ？　みたいな口調で二斗《にと》は言う。

「しかもわたしの目の前で、意味ありげなこと言いながら」

「……あー」

「それで気付くな、っていう方が無理あるでしょー」

そのときのことを思い出してみる。

確かに俺、あのときは幻覚を見てるんだと思ってて。もう二度と会えないと思っていた二斗《にと》に会えて、エモくなっちゃってて……。

そうだ、だからこう……「顔見れてよかった」的なことを言いながら、二斗《にと》の前でピアノ弾いたんだった……。

「……あああ～……」

そうか……そういうことか。

なるほど、それでわかっちゃうんだ……。

マジで即バレだったんだな。気付かれてない体だったこっちがバカみたいじゃん……。

「……はぁ……」

自分の迂闊《うかつ》さにため息をつきながら。観念して、ぼんやり辺りを見回す。

朝一の天文同好会部室。その隣にある小さな部屋、通称予備室。二斗《にと》に連れてこられたこの部屋で、約束通り俺たちは「未来から来た件」について話していた。

部室以上に雑然とした、かび臭い空間。

二人がいればいっぱいになるし、普段部室にいるときよりも俺と彼女の距離は近い。

それでも、確かにその窮屈さは『秘密の話』をする場にぴったりな気がして。屋上でぶっこまれたときよりも落ち着いた気分で、俺は床に座り込んでいた。

「ということで」

俺の視界の右上。

机に腰掛け裸足《はだし》の足をぶらぶらさせる二斗《にと》に、

「巡《めぐり》は時間移動してる。何度もこっちとあっちを行き来してる。そのことは、もう認めてくれるんだよね？」

「……だなあ」

うなだれるようにして、俺はうなずいた。

……はー、言っちゃった。

「二斗《にと》の言う通りです。はい……」

言い逃れのしようもなくて、ぶっちゃけちゃったよ。時間移動のこと。

――彼女の言う通り。

高校生活最後の日、卒業式のあと。元カノである二斗《にと》の失踪の報にうろたえていた俺は、偶然にも入学式の日に戻る方法を発見した。

天文同好会の部室にあるピアノを弾けば、過去に移動することができる。

高校生活をやり直すことができる――。

……てことは、二斗《にと》を助けられるんじゃないか？

彼女の失踪という、最悪の結末を変えられるんじゃないか？

そう思った俺は、まずは三年間彼女のそばにいるため、天文同好会存続を目指して奔走。様々なごたごたのあと新入部員四人を集めることに成功し、見事学校の承認を勝ち取ったのだった。

……そういう色々は、最後まで隠し通すつもりだったんだけどなあ。

時間移動とかそういうのは、誰にも言わないつもりだったんだけど……。

何だろう、なんだかちょっとうしろめたい。

悪いことをしているつもりはないけど、自分から明《あ》かすでもなくこっちの秘密に気付かれたのはどうにもばつが悪い……。

そしてそれ以上に、俺にはどうしても気になることもあって、

「……というか！」

切り替えるように声を上げ、俺はようやく俺にとっての「本題」を口にする。

「二斗《にと》の方は……どうなんだよ！」

二斗《にと》は、じっとこちらを見て首をかしげる。

「だって、そんなことで俺の時間移動に気付くって。ピアノくらいでそこまで見抜くって、普通ありえないだろ！」

そうだ——おかしいんだ。

ただ俺は、たどたどしくピアノを弾いただけ。

何も知らない人が見れば、「下手だな」って思うだけだろう。

なのに、二斗《にと》は気付いた。俺が時間移動していることを察知した。

つまり、それは――、

「もしかして……二斗《にと》も、同じことを？」

俺は、恐る恐るそう尋ねる。

「二斗《にと》も、高校生活やり直してるのか……？」


「――うん」


短く間を空けて、二斗《にと》は端的にそう答えた。

「わたしも、巡《めぐり》と同じだよ。この高校三年間をやり直してる」

「……やっぱり」

「トリガーも同じ。部室のピアノで、あのメロディを弾くことだね」

……だよな、そうなるよな。

俺だけじゃなく、二斗《にと》も未来から来ている。

それも――俺と同じく「ピアノを弾く」という方法で。

だとすれば、色々納得がいくんだ。

一年生なのに変に落ち着いていること。

音楽にしろ学業にしろ、あまりにも能力が高すぎること。

高校で知り合ったはずの俺や六曜《ろくよう》先輩に、妙に心を開いているように見えること。

そういうことは、以前から俺も不思議に思っていた。

まあただ……やっぱりビビるもんはビビってしまう。

マジか……二斗《にと》。俺だけじゃなくて二斗《にと》まで……過去を書き換えてたんか……。

うおお……。

「でも、巡《めぐり》と違うところもいっぱいあるよ」

衝撃に頭を抱える俺に、二斗《にと》の声はあくまで軽やかだ。

「時間移動のルールとか」

「……移動のルール？」

「うん」

二斗《にと》は机からぽんと降りると、窓の方へ向かう。

「巡《めぐり》は、これが二回目の高校生活なんでしょ？」

「……だな」

「わたしは、二回目じゃないんだよ」

「……は？」

「ちなみに、三回目でもありません」

「……」

——言葉を失った。

……二回目でも、三回目でもない。

え、どういうこと？　もっとたくさんやり直してる、ってこと？

……『ループ』、みたいな？

俺みたいに行き来をするわけでなく、何度も過去をやり直せるパターン……？

「じゃあ……何回目、なんだよ？」

恐る恐る、俺は尋ねる。

「どれくらい、もう高校生活をやり直してきたんだよ……」

めちゃくちゃにドキドキしていた。

わけもわからないまま、死ぬほど動揺していた。

もしかして、数十回とかやり直してるんだろうか……？

いや、それどころか百回とか⁉　数え切れないほどたくさん……⁉

けれど、

「それは内緒」

二斗《にと》の返答はすげない。

「でも、巡《めぐり》よりもたくさんなのは事実だね」

「えー！　教えてくれよー！　それくらい、知る権利はあるだろ！」

「……引くかもしれないでしょ？」

——見れば、二斗《にと》は珍しく恥じらうような。ためらうような表情で、視線を落としている
「何回も三年間をやり直してるとか、重すぎだし……巡《めぐり》、引くかも……」

「いや、そんなことは、ねえと思うけど……」

「それにわたし、精神的にはずっと年上ってことになるわけで。そこも、あんまりバレたくない……」

「……あー、そっか。そうなるのか」

言われてみれば、その通りだ。

例えば、これで四回目の高校生活なんだとしたら。これまですでに三回分高校生活を送ってきたとしたら、二斗《にと》の精神年齢は……二十五才くらい。確かにそれはなかなかのお姉さんだ。

でも……へえ。二斗《にと》、そうなんだ……。

こう見えて精神年齢二十歳オーバーなのか……。

……なんかこう、ちょっとエロい感じあるな。

この感じで実はお姉さんとか。そうなんだ……。俺、そんな年上の人と、こんな二人っきり

……へえ……。

「……巡《めぐり》、なんか変なこと考えてない？」

「え⁉　い、いやいや！　そんなわけねえだろ！　あはは！」

「ほんとかなあ……」

言いながら、二斗《にと》は半眼で俺を見ている。

「ほんとだって！　ていうか、じゃあ回数はいいから！」

その視線に全て見抜かれそうで、慌てて話題を切り替えた。

「なんでそんなに高校生活を繰り返してるんだよ⁉　そこまでするのには、なんか理由があるんだろ⁉　それくらいは、教えてくれよ！」

そう、それも気になっていたんだ。

順風満帆な高校生活を送っているように見えた二斗《にと》。

夢を叶《かな》え、誰もが憧れるような毎日を送っているはずだった二斗《にと》。

そんな彼女が、なぜ何度も三年間を繰り返しているのか。

何度もやり直して、何を手に入れようとしているのか――。

「理由、かあ……」

ふっと息をつき、二斗《にと》は目を眇《すが》める。

窓から差す午前の日が、彼女の顔に影を落とす。

その表情が――かつて目にしたｎｉｔｏとしての彼女とかぶって見えて。
今にも消えそうに儚《はかな》く見えてしまって、

「……わたし、全部めちゃくちゃにしちゃうんだあ」

息を呑《の》む俺に、ぼやくような声で彼女は言った。

「何度やり直しても、大切なものを傷つけちゃう。台無しにしちゃうんだよ……」

――心臓が、酷《ひど》く高鳴った。
人の傷口に触れるような、生々しい感触。
言葉に滲《にじ》んでいる、二斗《にと》の現実の痛み――。
きっと今、彼女は自分を傷つけながらそう明かしてくれた。
本当は言いたくないことを、俺のために口に出してくれた。
鈍感な俺ですら、はっきりそう認識できる、揺れる声――。
二斗《にと》は、疲れたような顔で笑うと、
「……わたし、失敗したんでしょ？」

こぼすように俺に尋ねる。

「巡《めぐり》のいた未来でも、わたし、不幸になったんでしょ?」

「……まあ、そうだな」

一度迷ってから、俺は素直にうなずく。

「結構……大変なことになってたよ」

確かに、二斗《にと》は俺が見た未来で失踪してしまった。しかも、自宅に遺書を残して。

隠そうかとも思ったけど、二斗《にと》が相手じゃすぐにウソだと見抜かれるだろう。

なら、もう余計なことはせず認めてしまった方がいい。

「だよね、だから――」

二斗《にと》は、大きく息を吸い込み胸を膨らませ、

「そんな未来を、変えたかったの」

同じように、深く息を吐き出す。

「わたしたちの最悪の結末を、変えたかった……」

――彼女の話は、ぼんやりしている。

具体的にどういうことなのか、結局なぜ二斗《にと》が失踪したのかはわからない。

めちゃくちゃにする? 傷つける? 一体どういうことだろう。

けれど――、

「……そっか」

今は十分だと思った。

彼女が、こんなにも傷口を晒《さら》してくれた。弱みを見せてくれた。

今の俺には、これだけで十分だ。

「わかった、ありがと」

実際、やるべきことが改めてはっきりした気がする。

時間移動を駆使して、俺が手に入れるべきもの。

「……よし！」

両手でパン！　と頬を叩《たた》いて、気合いを入れ直した。

俺が目指すのは、二斗《にと》の隣にいられる未来だ。彼女を苦痛から救い出し、失踪という結末を回避した未来。それはつまり――二斗《にと》の願いが叶《かな》った未来でもあるだろう。

だから……俺が全て解決しよう。

二斗《にと》の苦しさも、俺の後悔も――俺自身が、一つ一つ取り除いていきたい。

「じゃあ、これからなんだけどさ！」

できるだけ明るい声で、俺は二斗《にと》に言った。

「協力し合って、情報共有して一緒に頑張らないか？　そうすれば、一人でやるより結末を変えやすいかもしれないし！」

それがベストな気がしている。

せっかくこうして「やり直したい者同士」出会えたんだ。だったら、共闘してしまえばいい。力を合わせて、お互いの問題を解決していけば。

けれど、

「……んー、それなんだけど」

と、二斗《にと》は相変わらずためらう表情で、

「わたしも考えたんだけどさ……基本的には今まで通りでいない？」

「……へ？　今まで通り？」

「協力して何かを企《たくら》んだりするのは、あえてなしで……」

「ど、どうしてだよ？　あ、やっぱり自分のやり直しのこと知られるの、恥ずかしい？」

「……まあ、それもある」

苦い表情でうなずく二斗《にと》。その気持ちは、わからなくもなかった。

実際俺だって、時間移動を知られたのは結構キツかったんだ。そのうえ、二斗《にと》はやり直し回数を教えるのさえも恥ずかしがるわけで。それ以上色々バレるのは、本気で避けたいのかも。

けれど、

「……じゃあ、他にも理由があるのか？」

諦めきれなくて、俺はもう少し掘り下げてみる。

「俺、できれば二斗《にと》の力になりたい。自分の時間移動のことだけじゃなくて、二斗《にと》の手助けもしたいんだよ。それでも、ダメかな……」

むしろ、そのために過去に戻ってきたところもあるんだ。二斗《にと》を助けるため。彼女の抱えた問題を解決するため。

だとしたら、これは千載一遇のチャンス。そう簡単に、協力体制を諦めたくない。

「うーん、そうだなあ……」

二斗《にと》は、短く言葉を探してから、

「……それぞれの目的は、それぞれで達成すべきな気がするんだ」

疲れたような顔で笑った。

「わたしが目指してる未来は、自分で手に入れないと意味がない気がするっていうか。それを巡《めぐり》に手伝ってもらうのは、本末転倒かなって」

「……あー」

「ただ結末を変えるんじゃないくて、自分も変わりたいんだ。そうしないと、根本的な解決じゃないと思うし。だから……各自頑張る方が、いいと思う」

その言葉には、確かに納得感があった。

俺の側から見ても、同じことが言えるのかもしれない。

——今度こそ、二斗《にと》の隣に並び立つ。

――その場所がふさわしい自分になる。

そうするために、二斗《にと》本人の協力をもらうのは、なんというか矛盾している。

あくまで俺が、俺の意思でそれを達成しなきゃ意味がない。

「ちなみにね、わたし音楽でもズルはしてないんだよ。今上手《うま》くいってるのも、やり直しのおかげじゃないの。毎回、一番最初の高校時代で作った曲を新曲として出してるから。一度目も、今回と同じ感じで上手《うま》くいってたし」

「そっか、そりゃすげえな……」

「だから」

と、二斗《にと》は真《ま》っ直《す》ぐこちらを見ると、

「やっぱり、これまで通りってことで……どうかな？」

「……おっけ」

迷いない視線を向けられて、俺ははっきりうなずいてみせる。

「じゃあ、そうしよう。お互いに、時間移動のことはあんまり触れない感じで！」

そういうことなら、納得ができた。

あくまでこれまで通り、俺たちはただの高校生同士として接する。

時間移動に関しては干渉せず、お互いにただ見守る。

共犯者みたいな、ライバルみたいな、不思議な関係――。

そういう距離感で、あろうと思った。

「うん、それでお願いします」

うなずいて、二斗《にと》は笑った。

安心したような、気の抜けたような表情だった。

「じゃあ……これからもよろしくね、巡《めぐり》」

「おう、こっちこそ！」

なんだか久しぶりにその顔を見た気がして……胸にぽっと温かいものが宿った気分になる。

＊

――そして、放課後。

いつもの部室でいつもの面々と、いつも通りに天文同好会の活動が始まった。

「今回は、動画素材結構あるから助かるな」

「でも、屋上の映像真っ暗で使えないっすねー」

PCで作業をしながら、そんな風に言い合う六曜《ろくよう》先輩、五十嵐《いがらし》さん。

今日も六曜《ろくよう》先輩は硬派系陽キャ男子のオーラを放ちながら、五十嵐《いがらし》さんはちょい病み今風女子の華やかさをまといながら、来週公開予定の動画作成に励んでいた。

その光景はどこからどう見ても「ハイカーストの集い」で。平凡オブ平凡の俺としては、どうしても「自分、ここにいていいんすかね……」みたいな気分になってしまう。

そしてその横で、俺と二斗《にと》は次の動画のネタを探して、ネットで情報を漁《あさ》り中。他の学校の天文部の活動内容や、宇宙の豆知識系ＹｏｕＴｕｂｅｒの動画をチェックしていた。

どうするかなー……。個人的に文化祭でプラネタリウムやりたいなと思ってるし、その装置の試作の様子とかを動画にするか？

ちなみに——前回動画を作ったときとは違って、今回は特にタイムリミットもない。

空気はちょっと弛緩《しかん》していて、全員が緩い雰囲気で。色々言いつつも俺も決して居心地は悪くないのだった。

「……あー、そういえば」

だから、ふいに二斗《にと》が上げた声。

「一応、みんなにも言っておこうと思うんだけどー」

彼女が始めた突然の報告に——、

「わたしと巡《めぐり》——付き合うことになりましたー」

「——え⁉」

「――マジ⁉」

「――でぁ⁉」

――驚愕《きょうがく》した。

五十嵐《いがらし》さん、六曜《ろくよう》先輩だけでなく――俺まで驚いた。

え、言うの⁉　今この場でいきなり⁉　何の前触れもなく⁉

五十嵐《いがらし》さん、六曜《ろくよう》先輩も血相を変え、

「つ、付き合うって、彼氏彼女ってこと⁉」

「気付かんかったんだけど。いつの間にお前ら……」

……そりゃそうなるよな。

俺たち、これまでそんな雰囲気は見せていなかったわけで。

そして、彼ら（と俺）の動揺に気付いているのかいないのか、

「やー、わたしが巡《めぐり》のこと、大好きになっちゃってさー」

くすぐったそうな顔で、二斗《にと》が続ける。

「だから、告ったの。付き合ってってって」

「マジかー。やるな、二斗《にと》！」

「ウソでしょ……千華《ちか》から……」

「いいじゃんいいじゃん、俺、応援するわ」

「千華《ちか》が……告った……そんな……」

口々に言い合う面々。

六曜《ろくよう》先輩、やっぱいい人だ。あざます！

それに引き換え五十嵐《いがらし》さん。ウソじゃねえよ受け入れてくれよ……。

ただ同時に……俺もちょっと、意外に思っていた。

まず、こうしてみんなにいきなり報告したこと。一度目の高校生活では、付き合った当時も周りに報告したり、ということはそれほどしていないようだった。今回は、どういう風の吹き回しだろう。

そして、そういうこと以上に――、

「ということで、みんな、以後お見知りをおきを！」

そう言いながら、彼らに笑顔を振りまいている二斗《にと》。

彼女が、根本的にそういう認識でいることに――。

＊

「――ふう、返信終了！」

その日同好会終了後。二斗《にと》と一緒の帰り道で。

音楽関連のメッセージの返信を終えたらしい。スマホから顔を上げ、彼女はやれやれといった顔で歩き出す。

「いやー、初MVの公開日も決まったし。忙しくなってきたなあ」

「おう、お疲れ。大変だな」

「まあねー。でも、頑張らないと」

軽い口調で言って、二斗《にと》は「あはは」と笑う。

「活動が始まってすぐだし。何事も最初が肝心ですから」

――季節はもうすぐ梅雨。気温も湿度も高め。

空気には、むっとするアスファルトの匂いが混じっていた。

過去に戻ってきて、そろそろ二ヵ月（変な言い方だけど）。

体感的には、未来よりもこちらの季節感が俺にとっての標準になりつつあった。

「……ていうか、巡《めぐり》さ」

と、ふいに彼女は隣の俺の顔を覗《のぞ》き込み、

「さっき、不思議そうな顔してなかった？　付き合ってるのを、みんなに報告したとき」

「……あー」

「どしたの？　確かにいきなりだったけど、それだけじゃない感じだったよね」

……相変わらず鋭いな。

まあ、俺もデカい声出しちゃったんだけど、顔色まで読み取られるなんて。

「……もしかして、皆に言うの嫌だった？」

やや不安げに、首をかしげる彼女。

そのシルエットの向こうに、沈みかけの日が橙色《だいだいいろ》に滲《にじ》んでいる。

学校から徒歩十分ほど。住宅街の狭い路地は暖色の光に満たされていて。

そんな中で微笑《ほほえ》む二斗《にと》は、胸が苦しくなるほどその色に溶け込んでいた。

「嫌じゃ、ないんだけど……」

一度口ごもってから。俺は、自分の気持ちを頭の中で手早くまとめる。

「なんか……うやむやになってた感があるから」

「うやむや？」

「付き合うってことになったけど、そのあと時間移動とか色々大事な話があったし、結果としてこれまで通りでみたいな感じになったし……。そうなったら、付き合う件って、どうなんだろってちょっと不安で……」

そう、なんか『流れた』感があったのだ。

彼氏彼女になったのに、それ以外にデカい話がありすぎて、なんとなくその件はなかったことになった雰囲気を感じていた。

「だから……二斗《にと》があぁ言ってくれて、安心したっていうか。そっか、そこは変わらないんだなって……」

まあ……我ながら情けないなと思いますけどね。

本当は、自分から聞くべきだったんだろう。俺たちの関係ってどうなったのって。

でも、なんとなく二斗《にと》の様子的に「付き合う件？　ああ、それもなしで！」とか言われる可能性がある気がして、ビビって切り出すことができなかった。

「……ありがとう。おかげでほっとしたよ……」

ほうと息をつき、二斗《にと》に礼を言う。

けれど——そんな俺に。

緊張感の抜けた俺に二斗《にと》は——、

「……ええぇ〜〜？」

——酷《ひど》くうれしそうな声を上げた。

見れば——彼女は喜色満面。

頬を淡く桃色に染めて、にまーっと笑っている。

そして彼女は、煽《あお》るような声で、

「巡《めぐり》、心配だったの～？」

「え、う、うん……」

「わたしと付き合うの、なしになったのかって不安だった？」

「そ、そうだけど……」

「ふーん。そっかそっかー」

何やらうれしげに、こくこくとうなずいている二斗《にと》。

な、何だこいつ……。何をそんな、はしゃいでるんだ……。

そして——彼女は踊るようにこちらに近づいてくると、

「えい！」

「……うぇ⁉」

——腕を組んできた。隣を歩く俺の腕を、ひしと摑《つか》んだ。

驚きのあまり、反射的にぎくりとしてしまう。

ちょ……近い！　俺の人生史上最も二斗《にと》に近い！

身体《からだ》くっつきまくってるし、なんかいい匂いする！　何かが柔らかい！　あと温かい！

え、いいんですかこれ⁉

この状況、なんかこっちがセクハラしてるってことになったりしません⁉

「……どう？　これで彼氏彼女だって、実感できた？」

「え!? あ、まあ、できたかな、どうだろ……」

「うーん、まだ足りないかあ……」

言って、二斗《にと》は考える表情になる。

そして――決心したように顔を上げ、

「……ん」

――お互いの唇同士を触れさせた。

二度目だった。二斗《にと》とこういうことをするのは、屋上に続いて二回目――。

突然のことに、俺はビクリとその場に立ち止まる。

口元に残っている、二斗《にと》の唇の感触……。

わずかに湿り気を帯びたそれと、胸にこみ上げる鮮やかなうれしさ――。

「……これでどうよ?」

見れば、そう言う二斗《にと》も頬が桃色に染まって見える。

「わたしの彼氏だって、さすがにわかってくれた……?」

「……さ、さすがにわかった」

心臓の大暴れに耐えながら、俺はこくこくうなずいた。

「ありがとう。不安も、なくなった……」

「あはは、ならよかった……」

もう一度、二斗《にと》が歩き出す。

それに釣られて、俺もおずおずと歩みを進め始める。

彼女は紫色の雲が浮かぶ北の空を見上げ、ほうと息をついてから、

「……約束通り大事にしてよね」

「おう……」

「ちゃんとそばにいてね。浮気《うわき》したら、キルユーしますから」

「当たり前だろ、大丈夫だって」

思わぬ発言に、反射的に笑ってしまった。

「俺が浮気《うわき》しそうなタイプに見える？　二斗《にと》以外を好きになることなんてないし。そんなことする相手もいねえから」

「本当にかなあ？」

「うん！　断言できる！」

力強く、俺は二斗《にと》にうなずいてみせる。

そう、断言できちゃうのだ。迷いもなくそう言い切れる。

だから俺は、大きく息を吸い込むと――、

「だって一度目の高校生活じゃ――」

――酷《ひど》く悲しい事実を、高らかに二斗《にと》に告げたのだった。

「二斗《にと》以外の女子と――二人っきりになることもなかったんだからな！」

――ちなみにこの場合、女子に「真琴《まこと》」は含まれません。

あいつはマスコットキャラみたいなもんですから。ノーカンということでお願いします。

＊

「――とか言ってたそばから、タメの女子と二人になったんだが……」

二斗《にと》と話した、翌週のことだった。

「いきなり、五十嵐《いがらし》さんと二人っきりになったんだが……」

二斗《にと》の家からもほど近い、住宅街。

その片隅にある公園のベンチに腰を下ろし、俺は一人頭を抱えていた。

隣にいるのは五十嵐萌寧《いがらしもね》さん。俺や二斗《にと》と同じ天沼《あまぬま》高校、天文同好会に所属する同級生。

れっきとした――女の子である。

明るい色のくしゅっとした髪に、ずいぶんと小柄な身体《からだ》。

しっかりされたメイクと、どこか勝ち気な表情。服装だって今流行のお洒落《しゃれ》な格好だ。

いやまさか、俺にこんな機会があるなんて。女子と一対一で休みの日に集まるなんて……。

……ていうかこれって、浮気《うわき》にカウントされるんだろうか？

二斗《にと》的には、こっそり二人だけで会うのもアウトか？

だとしたらどうしよ。俺、キルユーされちゃうんだけど……。

「……え？　何どうしたの？」

けれど、五十嵐《いがらし》さんは怪訝《けげん》そうに首をかしげる。

「二人なのが、なんかまずいの？」

「あ、ああ……」

なんか謎の抵抗を覚えて、彼女の方を見ないままうなずく。

「ほら、彼女できたばっかなのにこんなことになって、いいのかなって……」

「いやいいに決まってるでしょ、話すだけだし」

「け、けど！」

五十嵐《いがらし》さんはめんどくさそうだけど、不安は拭いきれない。

「絶対大丈夫とも言えないだろ！　二斗《にと》、不安になるかもしれない！」

「なるわけないって！　そこまで束縛しないってあの子も！」

「わかんねえだろ！　そんなん本人じゃねえと！」

「あーもううるさいなあ！　別にこのあと、わたしとどうこうなることも一〇〇パーないでしようが！　だからいいよその辺は適当で！」

「……いやいや一〇〇パーセントってことはないだろ！」

理系人間の性《さが》で。雑にそう言われて、思わず突っ込んでしまった。

「なんらかのしかたない理由があって、そうなる可能性はゼロではないだろ！」

そう、全ての可能性が考えられるんだ。

例えば、突然この場に強盗が現れて「お前らいちゃつけ！」とか言われたり。

宇宙人にさらわれて、人間のサンプルとしてつがいにされたり。

そりゃ確かに可能性はゼロに近いかもしれないけど――絶対とは、言い切れないはずなんだ。

その辺のことは、天文学者志望としてはっきりしておきたい。

なのに――、

「……っ⁉」

――五十嵐《いがらし》さんは俺の言葉に愕然《がくぜん》とした顔になる。

「ぜ、ゼロではない……⁉　てことは！　坂本《さかもと》わたしを、そういう目で……！」

そして、俺から離れるようにのけぞりながら――、

「……きっ……にしすぎだって絶対！」

……おい！

今それ、『きっ』のあとに『も』とか『しょ』とか言いかけてなかったか⁉

ギリギリでごまかしたけど、結構酷《ひど》いこと言いそうになってなかったか⁉

いや別に、実際に俺たちがどうこうなるとは思ってねえよ！

ただ、〇パーセントってことはないってのを言いたかっただけなんだよ！


『――ちょっと相談乗ってほしいんだけど』

五十嵐《いがらし》さんからそんなラインが来たのは、先週。

二斗《にと》と俺が付き合い始めたのを、天文同好会の面々に報告した日の夜のことだった。

『わたしと千華《ちか》の関係のこと　この週末とかどう？』

――わたしと千華《ちか》との関係のこと。

この五十嵐《いがらし》さんは、親友である二斗《にと》に依存気味なところがあった。

お互いに、一番の親友同士じゃないと我慢できない。

登校も下校も自分と一緒がいいし、変なやつが二斗《にと》の近くにいるなんて許せない。

これまでもこれからも、自分こそが彼女の最も近くに居続けたい――そんな風に、思っていたらしい。

……まあ、たまに見かける関係性だと思う。

友達同士なのに、妙に独占欲を発揮しちゃう間柄というか。

フラットに並んでいるというより、危うい感じで寄りかかってる風というか。

俺自身、天文同好会で二斗《にと》と活動を始めたときには「わたしと一緒にいる時間が減ったんだけど」とクレームを入れられた。帰り道、待ち伏せまでされたこともあった。

ただ——五十嵐《いがらし》さん自身も、それを「よくないんじゃないか」と思っていたらしい。

俺と色々話をした結果、二斗《にと》に依存しない、寄りかからない新しい関係を見つけるため天文同好会に入部することになった。

そして、新入部員勧誘やらが過ぎて——ようやく活動が軌道に乗り。

そのタイミングで、こうして俺に「具体的な依存の辞め方」の相談を持ちかけてきた、というわけだった。


「——千華《ちか》とは、家がすごく近いのね」

五十嵐《いがらし》さんが、そんな風に切り出す。

「徒歩で二十秒くらい？　二、三軒間に挟んで、すぐのところにあるの」

「へー、そうだったんか」

初めて聞く事実に、俺は小さく驚いた。

「前、みんなで二斗《にと》の家行ったろ？　じゃああのとき、五十嵐《いがらし》さんちのそばを通ったの？」

「うん、通った通った。思いっきり前通った」

「へー知らんかった。ていうか、なのにわざわざ駅まで俺を迎えに来てくれたのかよ」

「あーまあね。道わかりにくいし」

「五十嵐《いがらし》さん、そういうとこ地味にお人好《ひとよ》しだよなあ……」

——まずは、どんな風に依存しちゃってるのか確認しよう。

そういう流れになって、俺は五十嵐《いがらし》さんから「二斗《にと》との現在の関係」について聞いていた。

出会いから親友になるまでの話は、すでに先日把握済み。

幼稚園の頃に出会って、けんかを経て仲良しになったんだそうだ。

なら、次は今の様子を確認したい。五十嵐《いがらし》さんがどんな感じで二斗《にと》に接してるのか。どれくらい、あいつ抜きでは生きられない感じなのか。

そこをとっかかりにすれば、突破口も見つかるかもしれない。

「で、そうやってご近所さんなのが、わたしにとっては大きくて」

五十嵐《いがらし》さんは、話を続ける。

「毎日一緒に登下校して、放課後も一緒に遊んで、そうやって、長い時間隣にいられるのがすごくうれしかった」

「あー、なるほどなー」

家の近い幼なじみ。俺としても、正直憧れちゃうシチュエーションだ。

気が合うやつがすぐ近くに住んでて、幼稚園、小、中、高と一緒にいられたら、それはきっとデカい財産になるんだろうなと思う。

「近いからさ、何かあったときにすぐお互い駆けつけられるんだよ」

どこか自慢げに、五十嵐《いがらし》さんは続ける。

「わたしが親とけんかして大泣きしたときも、先生に理不尽に怒られてマジギレしたときも、千華《ちか》、すぐ家に来てくれたし。そうそう！」

と、彼女はややテンションが上がった様子で、

「中学の頃、千華《ちか》知らない高校生の男子に付きまとわれてさー！　家の近くまで来ちゃったから、わたしがキレ散らかした上に警察と学校に通報して、撃退したこともある！」

「マジかよ⁉　撃退⁉」

「うん！　あれは楽しかったなー。ガンガンに言葉で追い詰めてさ……」

「……怖……」

うっとりした顔で言う五十嵐《いがらし》さん。その顔怖すぎるんですけど……。

ちょいちょいそういう闇見せてくるの、やめてくれませんかね……。

ていうか中学生にして高校生ストーカーを撃退って、結果として無事だったからいいけど、今度同じようなことが起きたときには周囲の大人を頼ってくださいね……。

「そうそうあとさ、前にすごくうれしいことがあって」

はいているサンダルの爪先に目をやり、五十嵐《いがらし》さんは続ける。

「中学の終わり頃、クラスの発表で『自分の大切な場所』を発表する授業があったの。だからわたし、家の半径三十メートルの範囲、みたいな発表をしたのね。自宅と、この公園と、千華《ちか》の家と……そういういつも暮らしている、手の届く範囲が大切です、みたいな。うちも千華《ちか》の家ももちろん大事だし、この公園も、ほら。幼稚園のときから、千華《ちか》と毎日遊んでた場所だから。すごく思い出がたくさんあって……」

「へー、行きつけの公園って感じか」

一つ息を吐き、俺は辺りを見回す。住宅街の中の中規模程度の公園。

遊具も芝生も東屋《あずまや》も手入れが行き届いていて、今も向こうで親子連れ数組が遊んでいる。

ここに幼い日の二斗《にと》と五十嵐《いがらし》さんがいるのを想像すると、そこはかとなく気分が和んだ。

「で、特に期待するでもなく、千華《ちか》はどこを発表するのかな、って見てたの。当時はさー、なんとなく、わたしの方が千華《ちか》を好きって感じだったから。別に同じこと考えてるとか、そういうのは期待してなくて。でも……あの子が発表したのが、ここ。このベンチで」

「ほう！」

俺たちの座る木製のベンチ。

それを指差す五十嵐《いがらし》さんに、思わず大きめの声が出た。

「で『親友である萌寧《もね》とよく一緒に話す、近所の公園のベンチです』みたいに言ってくれて……。あれは、本当にうれしかったなあ。千華《ちか》も、わたしのこと大切なんだ。お互いが、お互いの一番なんだなって……」

「……そっか」

「まあそんな感じで」

五十嵐《いがらし》さんが、そう言ってふっと息をつく。

「とにかく距離が近い親友、って感じだよ。あの子との思い出は数え切れないほどあるし、たくさん遊んでときどきけんかもしたけど……あんな大事な子、もう一生現れないだろうなと思う」

「なるほどなあ……」

ようやく、二人の親密さの空気が理解できたと思う。

気持ちの上で親しいだけじゃなくて、マジで物理的にも距離が近い。

思い出をたくさん共有していて、いつもそばにいる。

そういう友達は俺にはいないけど、きっと感覚的にはその関係は、友達というだけでなく「家族」にも近かったりするんじゃないだろうか。

……前に、俺のせいで二斗《にと》と登校できなくなったとキレられたことがあるけれど。

「あんたのせいで一緒に学校行けない」「あんたは身を引け」と迫られたことがあるけど、それはこういう背景があってのことなんだな。当時は「登校くらいいいじゃんかよ……」とちょっと引いたけど、納得できました。

「……でもまあ」

と、そこで五十嵐《いがらし》さんは寂しげな顔になり、

「もうわたしたち、高校生だし。いつまでも、そんな関係ではいられないよねえ……」

ぼんやり空を見上げて、つぶやくように言う。

「お互いの進路のこともあるし。千華《ちか》はわたしのもの、みたいな感じでも、いられなくなるよねえ……」

それも、たぶんその通りなんだろう。

小さい頃は、家がそばにあるだけで親友でいられる。

たくさんの時間を一緒に過ごして、特別な関係でいられる。

けれど――高校生ともなると、そうばかりも言っていられない。

部活、勉強が本格化して自由な時間は減ってくるし、五十嵐《いがらし》さんの場合相手が二斗《にと》なんだ。

彼女はこの三年間で、国民的人気ミュージシャンになっていく。別世界の住人になる。

実際、卒業間近の頃にはほとんど学校に来なくなっていたわけで……いつまでも、疑似家族ではいられない。

「どういう感じになってくのがいいんだろうねえ……」

言って、五十嵐《いがらし》さんは困ったような顔でこちらを向く。

「その辺……悪いけどちょっと一緒に考えてよ」

「……おけ、任せとけ」

そんな彼女の表情に――改めて、俺も思う。

二斗《にと》と五十嵐《いがらし》さんが、これからも良《い》い関係であってほしい。

大事な親友同士であった二人が、形を変えながらも大切に思い合っていてほしい。

それに成功すれば、二斗《にと》の未来にも良《い》い影響があるだろう。

彼女自身が直面した問題。何度もやり直して解決しようとしていること。五十嵐《いがらし》さんの存在は、きっと彼女のループの解決にも結びつくはず。そんな予感がある。

だから――そうだ、と俺は思い付く。

――一度、未来に戻ろう。

今のままの二人だとどんな結末にたどり着くのか、二人に何が必要なのかを確認しよう。

これからのことを考えれば、それが一番効率がいいはず……。

「……ていうかさ」

――そんなことを考える俺に。

ふいに、これまでとは違う声色で五十嵐《いがらし》さんが言う。

見れば――彼女は何やらもじもじしながら。どこか恥ずかしそうに視線を足下に落とし、

「坂本《さかもと》は、最近どうなの？」

「は？　何が？」

「だから！　その……」

昼をもごもごさせると、五十嵐《いがらし》さんはちらっとこっちを見て、

「……千華《ちか》とは、どんな感じなの？」

「あ、ああ……」

ようやく、言いたいことがわかった。

なるほど……付き合い始めたけど、どうなのかってことね。

まあそりゃ、依存とか抜きにしても気になるか。ずっとそばにいた女の子に、彼氏ができたわけでな。こっちとしても、現状報告するにやぶさかではない。

とはいえ、どんな風に言えばいいかわからなくて、

「んー、まあ……仲良くしてると思うよ……」

俺の返事は、酷《ひど》くぼんやりしたものになった。

「けんかとかも、全然してないし……上手《うま》くいってると、思います……」

まあまだ、付き合い始めて十日も経《た》ってないからな。こんな短期間で揉《も》めようもない。

時間移動の件でちょっと緊張感は走ったけど、それを五十嵐《いがらし》さんに言うわけにもいかないし
……。

……ていうか、なんかやっぱ恥ずかしいな。

彼女とどんな感じなのか説明するの、照れくさい。

なんだか声が小さくなって、足下がそわそわしてしまう。

「ふ、ふうん……そっか……」

聞いてきた側の五十嵐《いがらし》さんも、なぜか頬をピンクに染めもじもじしていた。

なんでだよ。自分で聞いておいてそんな恥ずかしがるなよ……。

「ち、ちなみに！」

動揺に声を揺らしながら、彼女は続ける。

「そのー……もう、なんかしたりは……」

「……は？　なんか？」

「いやその！　まあえっとー、カップルになったわけで……その……何かしら、触ったりとか……」

「……いやいやいや！　してねえよ！　そんな付き合いたてで！」

ていうか、普通聞くかねそんなこと！

いやまあ、くっつかれて何かが当たったりはあるけど！

でもこっちから意図してその、触るとか……そういうのは一度もねえよ！

「で、でもその……！」

それでも、五十嵐《いがらし》さんは質問をやめてくれない。

「ちゅーとかは……どうなのよ……」

「ええ……」

「高校生なんだし、それくらいはしたんじゃないの……？」

「……ま、まあ……」

一瞬口ごもってから……これくらいは言ってもいいか、と思う。

二斗《にと》だって、俺に相談せず付き合ってるのをみんなに報告したわけで。

彼女の親友に、こそっとその辺のことを話すのはまあセーフなはず……。

「それは、あったというか……ええ、うん、ありましたね」

……これで、満足してくれるといいんだけど。

この恥ずかしすぎる恋バナ、終わりになるといいんだけど。

そんなことを、思っていたのに——。

「——はあ⁉」

——唐突だった。

突然、彼女はこれまで消え入りそうだったその声を荒げた。

「も、もうそういうことしたの⁉　あの千華《ちか》と⁉」

「え、ど、どうしたんだよそんな急に……」

「だって、まだ付き合ってそんな経《た》たないのに！　大丈夫なの⁉　千華《ちか》、嫌がってなかった⁉」

「嫌がってねえよ！　ていうか、してきたのだって向こうからで……」

「ウソでしょ……⁉」

愕然《がくぜん》とした顔で、目を見開いている五十嵐《いがらし》さん。

「千華《ちか》、そんな……。こんな、坂本《さかもと》と……」

こんなって。あなた、俺は仮にも二斗《にと》の彼氏なんですからね……。

相変わらずの扱いの悪さに軽く凹《へこ》んでいると、五十嵐《いがらし》さんは小さくうつむき、

「……別にいいし」

「は……？」

「……ったこと、あるし」

かすれた声で、そうつぶやく。

「え、な、なんて……？」

「……わたしは！」

と——彼女は顔を上げ、きっと俺をにらみつけると、

「わたしは——千華《ちか》とお風呂《ふろ》入ったことあるし！」

「何対抗意識燃やしてんだよ！」

俺たちの叫びは公園の空に短く響き。

向こうの親子連れを不審そうな顔にさせたあと、薄れて消えていったのでした――。

＊

「ふむ、今の五十嵐《いがらし》先輩ですか……」

久しぶりにやってきた、三年後の部室で。

俺から事情を聞いた真琴《まこと》は、なぜか難しい顔で腕を組む。

……思えば、こっちの真琴《まこと》に会うのも一週間ぶりくらいだな。

短めの金髪と、明らかに校則違反な着こなしの制服。意外にも大人びた顔立ちには、テスト採点中の先生みたいな思案の表情が浮かんでいる。

「そう、あれから二斗《にと》とどんな感じになったのか、本人に聞けないかなって」

言いながら、俺は傍《かたわ》らにあった鉱石標本を手に取り、まじまじと眺めた。

「何が起きるのか先に知っておければ、三年前に戻ったときにも対処しやすいし」

「なるほど……」

うなずく真琴《まこと》。

その仕草は、一度目の高校生活のときと変わらないように見えるけれど……それでも、いくつか小さな変化はある。

まず、俺に対して若干よそよそしくなったこと。

一度目と違って、今回は天文同好会に真琴《まこと》以外の部員が二人もいることになる。

これまで俺と彼女だけで過ごした時間の濃度がちょっと薄まって、距離もわずかに開いたらしい。

……まあ、そのことは若干寂しいけれど。

前のような気軽さが消えちゃったのは残念だけど、これからどうとでもできるだろう。

だからまずは、過去の世界をどうにかすることを考えたい。

それから、現在の真琴《まこと》は天文同好会部長のポジションにあるらしい。

過去の俺らの奮闘もあって、この時間軸の天文同好会は廃部を回避。

その後も毎年順調に新入部員を迎え入れ、今は真琴《まこと》の後輩たちを含む計六人で活動しているそうだ。

部室内を見回すと——これまでの廃部前提だった頃とは、ずいぶん趣が変わっている。

不要品は片付けられ、備品はきれいに整理されている。

新たに購入されたっぽい本棚や、部員が飾ったらしき天体の写真たち。さらに……今まで見えていなかった地学資料たちまで、棚から顔を覗《のぞ》かせていた。

どうやら、ここは元々地学資料室として使われていた部屋だったらしい。

一度目の高校生活ではそんなこと知るよしもなかったから、なんだか新鮮な気分だ。

他に目に付くのは、漫画やゲーム機、筆記用具なんかの部員の私物だ。

俺の知らない未来の後輩も、この部屋に愛着を持って使ってくれているらしい。

「……あの」

そして――真琴《まこと》は。考え込むような沈黙のあと、言いにくそうに口を開き、

「……五十嵐《いがらし》先輩に話を聞くのは、難しいかもしれません」

「え、どうして？」

「んー、たぶん本人、話したがらないと思うんです」

「なんで……？」

「わたしも、はっきりとは知らないんですが……二斗《にと》先輩と、五十嵐《いがらし》先輩。一年生のときの夏休み前に……」

一年生の夏休み前。三年前の俺たちにとって、ちょっと先の未来だ。

そして――真琴《まこと》は、なぜか申し訳なさげに視線を落とすと。

もごもごした口調で――こう続けた。

「――大げんかして、絶交したって聞きました……」

第二話 chapter2

【夢想家入門】

「――久しぶり、坂本《さかもと》」

なんだか――垢抜《あかぬ》けていた。

三年後の世界で、来月には専門学校生になるという五十嵐《いがらし》さん。

こちらを見上げる彼女は……一年生のときよりも、ずいぶん大人っぽくなっていた。

「話すのいつぶりだろ。下手したら……一年ぶりくらい？」

髪型もメイクも服装も、基本的な方向性はあの頃と変わらない。

それでも、俺の目から見ても全体的に洗練されて、二十歳《はたち》を超えていると言われても納得してしまう出《い》で立《た》ちだ。小柄な背だって、ほんの少し伸びたような気がする。

……『現在』での彼女といえば、卒業式。

二斗《にと》失踪の報道を受けて取り乱していたときの印象が強い。けれど、今の彼女にそういう悲壮感は感じられなくて、もしかしたらこの時間軸では、もう少し落ち着いてその報道を受け止めたのかもしれない。

あと、なんか……良《い》い匂いするな。大人びて華やかな、花みたいな香りが……。

これは香水かなんかをつけてるんだろうか……。

「一年……あ、ああ、それくらいかな……」

こっちの俺のポジションがわからなくて、俺は無理に笑って話を合わせる。

「ごめんよ、間が空いたのに急に呼び出して……」

「いいのいいの」

言って、五十嵐《いがらし》さんは小さく視線を落とし、

「わたしもちょっと……誰かと話したい気分だったから」

――待ち合わせ場所は、荻窪駅《おぎくぼえき》だった。

三年後の世界で、「会って話そう」とラインして、彼女が待ち合わせに指定してきたのが、荻窪駅《おぎくぼえき》。

なんとなく……例の公園に呼び出される気がしていたから。あそこで話すことになる予感がしていたから意外だった。

「あのさー、散歩したい気分なんだけど、どう？」

「ああ、歩きながら話す？　いいけど」

「ありがと、じゃあ行こうか」

「おう」

うなずき合って、歩き出す。

荻窪駅《おぎくぼえき》を抜けて南口に出て、西荻《にしおぎ》方面に向けて歩いていく。

春休みの駅前は、遊びに行くらしい若者や仕事中らしい大人、子供を連れた親御さんたちで賑《にぎ》わっている。

そんな中、お互い口数は少なくて。本当に五十嵐《いがらし》さんの言う通り、俺たちは一年近く話して

いなかったんだなと肌で感じ取る。

*

「——正直、責任感じてる」

右手に高架を臨みながら。時折総武《そうぶ》線《せん》や東西線《とうざいせん》が通り過ぎていくのを見送りながら、五十嵐《いがらし》さんはぽつぽつと歩みを進めていた。

「責任?」

「うん、千華《ちか》の失踪のこと」

うなずいて、彼女は視線を落とすと、

「けんかなんてしてなければ。わたしたちが今も友達だったら、あの子はこんなことにならなかったのかも、って……」

——三月下旬。

空気には冬のとげとげしさが溶け残るけれど、日差しは仄《ほの》かに温かい。

吹く風には花の匂いがする気がして、俺は大きく息を吸い込む。

こんな状況じゃなければ、絶好の散歩日和《びより》だっただろう。

「あの子、マジでどこ行っちゃったんだろ……」

「ほんとだな」

「たぶん、無事ではいると思うけど……」

　――失踪。

　天文同好会の廃部が回避され、一度目の高校生活とは状況が変わった今回も、二斗《にと》は卒業式前に失踪してしまっている。以来連絡もつかず、どこにいるかも全く摑《つか》めていないらしい。

　ただ一度目とは違い、遺書は残されていなかったそうだ。代わりにあったのは「遠くへ行く」「探さないでください」というような内容の手紙。たぶんこれは、過去の書き換えで得られた進歩だろう。二斗《にと》の態度は確実に軟化している。

　とはいえ、人気ミュージシャンが失踪したわけで。大々的にニュースになり、警視庁が彼女の行方《ゆくえ》を追っているのは変わらないらしい。身の安全だって全く確認できていない。

「……ていうか、その件なんだけどさ」

　どう言うのが正解かわからなくて、俺の口調は自然、探るようなものになる。

「五十嵐《いがらし》さんと二斗《にと》のけんかの詳細って、俺、聞かせてもらってたっけ？」

「……え、話したじゃん」

　不思議そうな表情で、五十嵐《いがらし》さんは俺を振り返る。

「当時、めちゃくちゃ聞いてきたじゃん。どうしてだよ！　って。仲直りする方法は、ないのかよって」

「あー……そっか、そうだったか」

「結構、間を取り持とうとしてもくれてたし。忘れちゃったの？」

……ほう。こっちの世界の過去の自分も、それなりに頑張ってはいた、というわけか。

まあでもそうだよな、今俺がいるのは「天文同好会廃部を阻止した自分」の未来だろうし。

なら、当時の俺もできることを必死でやろうとしたのは間違いないだろう。

「あーごめんごめん、俺もその……ショック受けてて」

頭をかき、俺はなんとか言い訳を捻出する。

「そのせいなのか、当時のこと、なんかちょっと忘れがちになっちゃってんだよ……」

「ああ、そうだったの……」

気の毒そうに、五十嵐《いがらし》さんは眉を寄せる。

「だけどなんとか、二斗《にと》がいなくなった理由を探れないかと思っててさ。今色々、関係の人に話を聞いてるところなんだ」

出任せだった。もちろん、そんなことしていない。

やったところで、相手は有名人である二斗《にと》だ。表に出ていない情報を、おいそれと俺に教えてくれるような人もいないだろう。

それでも、

「だから……もう一回、聞けないかな」

俺は五十嵐《いがらし》さんにそう尋ねる。

「どうして二斗《にと》とけんかしたのか、経緯とか結果とか、最近はどんな感じだったとか」

「……えー、もう一回？」

眉間にしわを寄せ、困惑する様子の彼女。

「んん……気は進まないなあ……」

まあそりゃ、自分が親友とけんかして絶交した経緯なんて、誰にも話したくないだろう。

しかもその相手が、今や失踪中とあれば。

ただ、彼女はため息をつくと、小さく決心した様子で、

「……まあ、いいか」

と、こちらを振り返った。

「坂本《さかもと》は坂本《さかもと》で、思うところがあるんだろうし」

「……ありがと、助かるよ」

「二年以上前のことだから。記憶あやふやだし、細かいとこは覚えてないよ。それでもいい？」

「もちろん」

「わかった」

うなずくと、五十嵐《いがらし》さんは当時を思い出すように視線を前に戻す。

気付けば、俺たちはもうずいぶん荻窪駅《おぎくぼえき》から離れていて、辺りの景色も馴染《なじ》みのないものになっている。

「……あの子、一年の最初の頃に、事務所に所属したでしょ。何だっけ」

「ああ、インテグレート・マグ」

「そうそう。まだあの頃って小さいグループで、確か所属してるのも千華《ちか》だけで」

「だな……」

「けど、すぐに活動が本格的になっていってね……」

思い出すように、五十嵐《いがらし》さんは視線を上げ、

「所属直後に出した曲が、すごいバズったんだっけ。それで、確か所属の人が増えたんだよね。声優と……配信者、だったかな」

「あ、そ、そうだったな……」

確か、その辺の展開は一度目の高校生活でも同じだったはず。

俺もそうやって二斗《にと》の周りが一気に活気づくのを、割とそばで眺めていた記憶がある。

でもそれも、五十嵐《いがらし》さんの言う通り二年以上前の話だ。

記憶がおぼろげで、必然俺の返事も薄ぼんやりしたものになる。

「で、その人たちもみんな一気に人気になって。インテグレート・マグ自体が注目されて、中でも千華《ちか》は中心人物って感じになったんだよね。……その頃から」

と、五十嵐《いがらし》さんの声色が、それまでより苦しげになる。

「その頃から……あの子のわたしの扱いが、変わったんだよ」

「それは、その……」

どうにも言いにくくて、俺はなんとか言葉を選んでから、

「扱いが……雑になった、みたいな？」

「あー、んー。そういう感じじゃあ、なかったのかなあ……」

腕を組み、五十嵐《いがらし》さんは当時の感触を思い出す顔になる。

「別に、雑には扱われてないよ。あの子なりにはわたしのこと、親友だと思い続けてくれてたんだろうし」

「そうなのか。じゃあ、何が変わったんだろ……」

「そうだな、言い方が難しいんだけど……」

五十嵐《いがらし》さんは、一度視線を中空にさまよわせたあと、

「単に、わたしのことを考える時間が減った？」

「……時間が？」

「そう」

五十嵐《いがらし》さんは、こくりとうなずく。

「大切に思ってくれてるのもわかる。特別なのもわかる。けど、音楽とかレーベルの人のこと

とかそっちに夢中になりすぎて、一日中そのことばっかり考えるようになって……。あの子の人生の中の、わたしの比率が激減したっていうのかな。でね、そういうのって、こっちからしてもわかるんだよ」

彼女は、そう言うと寂しげに口元を歪《ゆが》めて笑い、

「気づかいが減ったり、連絡がおろそかになったり、話が合わなくなってきたり。一番大きいのは、一緒に過ごす時間が減ったことだと思うんだよね。だから、お互いぎくしゃくしちゃって、ときどき口げんかになることもあって」

「……そっか」

――考える時間が減る。

確かにそれは、人と人の関係が大きく変わるきっかけになるんだろう。

それに――俺は思い出す。

五十嵐《いがらし》さんは、二斗《にと》のそばにいられるのを喜んでいた。

家族のように、近しい関係でいることに楽しみを感じていた。

だとしたら、二斗《にと》がそうして自分から離れていくのは、耐えがたいほどに寂しいことだったのかもしれない。

「それで――そう、一番大きかったのは、あの子の配信ライブなのかな」

「ああ、配信ライブ……」

確かに、二斗《にと》は一時期以降動画サイトで、定期的に生配信のライブをやっていた。

最初から同時視聴者数数千《すうせん》人程度を稼いでいたそれは、高校三年間の間でさらに人気を拡大し、卒業前の配信では五万人を突破する規模になっていた。

「あの子が、一番最初にそれをやろうとしたときに……色々あって。わたし、それであの子と大げんかして」

「……なるほど」

——大げんか。真琴《まこと》の口からも出た、そのフレーズ。

「それで……それっきりだよ。一度もやりとりしてない」

「……え、一度もって。本当に、今日まで一回も、ラインもしてないのか？」

「うん、してない」

「……なんで」

純粋に、疑問に思った。

「なんでそんな、一回のけんかでそこまでなるんだよ。その理由って、何だったっけ……」

「……理由、かあ」

五十嵐《いがらし》さんは、一度小さくため息をつき、

「それはちょっと……言いたくないかも」

「そう、か……」

「ごめん、その件は、わたしの中でも整理ついてなくて。たぶん、わたしまだ……」

と、五十嵐《いがらし》さんは困ったように笑ってみせると。

罪でも告白するみたいに、苦しそうにこう言った——。

「千華《ちか》のこと……許せてないんだと思う」

——許せてない。耳を疑う言葉だった。

あの五十嵐《いがらし》さんが、二斗《にと》を許さない。

あそこまでべったりだった二人に、亀裂を入れてしまったけんか……。

それは一体、どんなものだったんだろう。

どんな理由で、二人は一発で絶交するほどの仲違《なかたが》いをしてしまったんだろう。

「……ああ、もう西荻駅《にしおぎえき》が見えてきた」

通りの向こうに目をやり、五十嵐《いがらし》さんがそう言う。

「ずいぶん歩いてきたね」

「だな」

「……あっという間だったね」

「……本当だな」

彼女の言うあっという間。

それが、荻窪《おぎくぼ》からここまでの距離だけの話じゃなくて。二斗《にと》と一緒にいた頃から、それが破綻した現在までの感覚の話のような気がして。俺らは顔も見合わせないまま、小さくうなずき合ったのだった。

＊

「——いやぁああどうしますかね〜」

そして——戻ってきた三年前の世界。金曜夜の、自室のベッドにて。

俺は二斗《にと》の初MVがプレミア公開されるのを待ちながら、一人でうなっていた。

「ここから、どうやって二斗《にと》と五十嵐《いがらし》さんを取り持つかねー。どうすればいいだろうなあー……」

今回動き出した目的は、五十嵐《いがらし》さんの二斗《にと》依存をやめさせることだった。

あくまで変わるべきは五十嵐《いがらし》さん。俺と彼女の二人だけでなんとかするつもりだった。

ただ……けんかに関していえば、二斗《にと》の側にも問題はありそうで。五十嵐《いがらし》さんが変わるだけでは、根本的な解決はできそうになくて……。

……だとしたら、ここからどういう風に動けばいいだろう。どうすれば、けんかを回避しつつ依存もやめる！　っていうベストな未来にたどり着けるだろうか……。

「……と、そろそろ始まるな」

考えているうちに、スマホに表示していた動画サイトのリロードが入った。

画面が切り替わり、二斗《にと》のMVの再生までのカウントダウンが始まる。

「まずは、こっちをじっくり見るか……」

先日二斗《にと》がちょっと言っていたように。今夜二十時から、彼女初のミュージックビデオが公開される。

これまで、二斗《にと》の活動はあくまで「弾き語り動画」のアップだけだった。

オリジナル曲を作って、部室で弾き語りをして動画を作り、それをネットに公開する。

まだ一高校生でしかない彼女にできるのは、それだけだった。

ただ今回――事務所であるインテグレート・マグに所属したことで、できることの幅が広がった。スタッフが付き予算が付き、これまでよりもずっと自由に動けるようになった。ということで、満を持して彼女初のMVが作成されたのだった。

二斗《にと》本人も、部員皆に「この日、動画が公開されるから!」「よければ見てね!」なんて言って回っていた。

そして現在、

「……おおすげえ、待機人数、千五百人」

サイトの再生開始待機画面。表示された「視聴者数」に、思わず声を漏らしてしまった。

まだ曲の再生も始まっていないのに、千人以上も待ってるのかよ。

さすが二斗《にと》だな……なんて思いつつ、

「……あれ、最初の高校生活でも、こんないってたっけ？」

ふと、そんな疑問も抱いた。

体感で三年前のことだから記憶が薄いけれど、この段階ではもう少し控えめな人気度だった気がする。というか、この時期はまだMV自体作られてなかった気が……。

……もしかしたら二斗《にと》、今回はこれまでになく順調に活動が進んでいるんだろうか？

この調子だと、マックスで同時接続三千人くらいいっちゃうんじゃないか……？

普段の弾き語り動画は平均数万再生くらいだから、それくらいの数に到達してもおかしくない気がする。

と、そんなことを考えているうちに、

「……始まった！」

——画面の中でカウントダウン演出が終わる。

ごくりと息を呑《の》むと同時に——画面が暗転。

たっぷりと間を取ってから、MVがスタートする。

そのファーストカットは——、

「……おぉ……」

――正面から見たｎｉｔｏだった。


――ピアノの前に腰掛け、じっと鍵盤を見るｎｉｔｏ。

薄く開いた目、白い透き通る頬、口元に張り詰めた緊張感――。

纏《まと》っているのは黒いワンピース。

真っ白な空間に、ピアノとｎｉｔｏの黒が映えている。

彼女の世界観を具現化したような、その才能を視覚的に表現したようなビジュアル――。


――寒気を覚えた。


二斗《にと》ではなく、ｎｉｔｏ。

数年後、国民的ミュージシャンになる天才少女が、紛れもなくそこに座っていた。

再生画面の隣、流れているコメント欄が一気に加速する。

その速度は、もはや文字を目で追うことが難しいくらいだ。

視聴者数は――ちらりと見ると、すでに三千人オーバー。

すでに俺の予想を超えてしまっている。

そして――、

——画面の向こうで彼女が大きく息を吸う。
その喉がメロディを響かせ——曲が始まる。

印象的なサビでスタートする、のちにｎｉｔｏの初期代表曲になるハイテンポな一曲。
音の華やかさと競い合うようにして、演奏の映像にアニメーションの演出が入った。
踊るようにピアノを弾き歌うｎｉｔｏ。
その周りで萌《も》えいづる草木のアニメーション。
——水をかぶせられたような衝撃があった。
リスナーたちの動揺と興奮が、コメント欄の文字のなだれ落ちる速度からも伝わる。
息を呑《の》む間にも、曲はめまぐるしく展開していく。
徐々に演奏する楽器が増え、ドラムがリズムを駆動しギターがｎｉｔｏの声を彩《いろど》る。
それに伴い、同時視聴者数ももう一度爆発。
サビに入る度に、コメント欄の温度も目に見えて上昇していく。
そして、曲のフィナーレに至る頃には——、
「……おい、マジかよ」
視聴者数は九千人を超え、残りわずかで一万人というレベルに達していた。

「やべえよ……これ、大台乗るんじゃ……」

ただの一視聴者なのに、手の平から汗が噴き出した。

背筋に寒気が走って、唇が小さく震える。

そして——心臓が。この胸にある熱いものが、感動と衝撃で激しく駆動していた。

曲は最後の盛り上がりに達し、小さなスマホの画面から殴られたような衝撃を残して——。


——暗転。

——無音。


……終わった。

ｎｉｔｏの最初のＭＶ、その公開が終わった。

ｎｉｔｏの名と曲のタイトルが表示され——動画が切れる。

……呆然《ぼうぜん》としてしまった。

スマホでＭＶを見ただけ。

しかも、何度も部室で生で聴いてきた曲の、だ。

なのに俺は、身体《からだ》中に響くような熱とともに、上手《うま》く動き出せないでいる——。

「……そ、そういえば！」

——ふと我に返って。

弾《はじ》かれるように画面を見ると……同士視聴者数は、わずかに一万人を超えていた。

コメント欄には、絶賛の文字列ばかりが並んでいる。


『鳥肌立った』

『天才すぎる。。。』

『初見なんだけど有名な人?』

『絶対売れるだろこの子』


「すげえ、めちゃくちゃ反応が良《い》い……」

つぶやきながら、俺はｎｉｔｏのチャンネルのトップを表示。

チャンネル登録数を確認すると……グンと伸びている。

現段階で、ＭＶ公開前の一・二倍くらいになっているだろうか。

「……これ、マジでヤバいことになるんじゃないのか?」

はっきりとした予感に、俺はもう一度ひとりごちた。

「人気、爆発するんじゃ……」

一度動画サイトアプリを閉じると、酷《ひど》くドキドキしながらＴｗｉｔｔｅｒアプリを起動。

『n・i・t・o』で検索すると——山ほど出てくる。

さっきのMVを話題にしているツイートが、何百何千という数で見つかった。

絶賛に次ぐ絶賛。それは波紋みたいに広がっていって、動画のリンクがすごい勢いで拡散されていく。中には、国内の人気ミュージシャンが言及しているツイートまであって、

「……バズったなあ」

誰にともなく、俺はつぶやいた。

「二斗《にと》、完全にバズったじゃねえか……」

——明らかに、一線を越えた印象があった。

二斗《にと》が普通の高校生ではなくなった感触。

つまり——国内でも指折りの、新進気鋭ミュージシャンの枠に入ったという皮膚感。

もう一度鼓動が加速するけれど。叫び出したくなるような衝動に駆られるけれど、

「……いや、一度落ち着くか」

つぶやいて、俺は大きく深呼吸する。

ここで俺が動揺してもどうにもならない。

目の前で起きているのは、二斗《にと》の人生の出来事だ。

俺は俺で、自分がやるべきことを考えないと……。

おそらくこのバズを受けて、インテグレート・マグは規模を拡大。新たなクリエイターを複

数取り込むことになるんだろう。事態は俺の知る通り。未来で五十嵐《いがらし》さんに教わった通りに進んでいく。

だとしたら——、

「……あんまり、もたもたもしていられないな」

さっさと動き出さなきゃいけない。

のんびりしていても、自体が好転することはないんだ。

「だったら……明日には、連絡してみるか」

ひとまず——風呂《ふろ》に入って、プランを考えよう。

そう決めて俺はベッドから立ち上がると部屋を出たのだった。

*

「——もしもし？」

翌日、土曜の昼間。

俺はさっそく五十嵐《いがらし》さん宛に通話をかけていた。

「ごめん五十嵐《いがらし》さん、ちょっと今いい？」

『……あうん、いいけど』

数コール空けてから、聞こえた五十嵐《いがらし》さんの声。

――何やら、合間に水音がした。

スマホの向こうで鳴っている、水の流れるような音。

五十嵐《いがらし》さんは、一度マイクを口元から話して、

『――ママごめん！　ちょっと電話！　洗い物お願いしていい？』

『ああ、はーい』

そんなやりとりをしている。

「あ、ごめ、取り込み中だった？」

『や、大丈夫。家事してただけだから』

「へえ……」

なんとなく、意外だった。

学校ではどちらかというと派手めで、生活感のない印象の五十嵐《いがらし》さん。

そんな彼女も、家では洗い物とかするんだ……。

俺自身がそういうのは両親に任せっきり、家ではダラダラ過ごしてばかりだから、ちょっと
尊敬の気持ちを抱いてしまう。

『……ていうか千華《ちか》、すごかったね』

どこかに移動するような音を立てつつ、五十嵐《いがらし》さんは言う。

『昨日のMV公開』

「あー、だな」

『わたしも見て、マジで感動しちゃったよ……』

「俺も……。ていうか通話したの、それも関係あって。ちょっとこの間の相談のことで色々考えてたんだけど。一個、アイデア思い付いてさ！」

『お、マジ？　どんなん？』

「五十嵐《いがらし》さんは……夢とかないの？」

『夢？』

「そう、二斗《にと》が音楽に没頭してるみたいに、何か目指してるものはないのかなって。ほら、そっちに一生懸命になれば、二斗《にと》への依存をちょっと薄められるかもしれないだろ？」

――これが、俺の作戦だった。

湯船で一人うんうんうなって思い付いた二斗《にと》への依存脱却作戦。

名付けて『他のものにうつつを抜かせ！　作戦』である。

つまりこれは、後に五十嵐《いがらし》さんが二斗《にと》にされてしまうことの裏返しだ。向こうが音楽に夢中になって時間を割けなくなる前に、こっちはこっちで他のことに時間を割くようにする。他のことを、楽しめるようになっちゃうのである。

そもそも――二斗《にと》に依存していたのだって、五十嵐《いがらし》さんの気持ちの行き場が限定されていたからなんじゃないか。それが例えば、他にもやりたいことがあれば。他にも体力や気持ちを割く場所があれば、もうちょっとこう、バランス良く二斗《にと》と付き合えるんじゃないか。

『あー、それね！』

スマホの向こうで、五十嵐《いがらし》さんの声のトーンが上がる。

『わたしも、同じようなこと考えてたの！　夢というか、やりたいことを見つけたいなって！』

「おー、そうだったんだ！　まあでも王道だよな。こういうときに、新しい何かを始めるの」

『だね。それに……』

と、五十嵐《いがらし》さんは打ちあけるような口調になり、

『……実は同好会でも、うらやましいなと思ってたんだよね』

「何が？」

『ほら、わたし以外はみんなさ、目指してるものがあるじゃない。坂本《さかもと》は天文学だし、千華《ちか》は音楽だし、六曜《ろくよう》先輩もいつか起業するときのための勉強で、同好会にいるでしょ？』

確かに、五十嵐《いがらし》さん以外のメンバーには夢があった。

天文学者、ミュージシャン、起業家。

それぞれ本気でその目標を目指していたし、各自そのための活動も始めている。

五十嵐《いがらし》さんにも「二斗《にと》との新しい関係を見つける」っていう目標はあるけれど、それは夢と

はちょっと別物だろう。

『だから——わたしもそういうのを見つけたいなって。夢中になれるもの、本気で頑張れることを探したいって思ってたんだ』

「そっかそっか……」

そんなこと、思ってたんだな。

そんなそぶり見せたこともないから、全然気付いてなかったよ。

「で、どうよ？　なんか、やりたいことの候補はあるのかよ？」

『あるある、いくつかあってさー、どれから手を付けようって迷ってたんだけど……』

と、五十嵐《いがらし》さんはちょっとだけ探るようなトーンになり、

『ちなみに坂本《さかもと》……やるなら付き合ってくれる？　まずは色々お試しでやってみたいんだけど、一人はさすがに寂しいから。休みの日とか、付き合ってくれない？』

「ああうん、それはもちろん」

見えるはずもないのだけど、俺はスマホを耳に当てたままうなずいた。

「俺が言い出したわけだし、そりゃ付き合いますよ」

『助かるー。ぼっちは嫌だったからさ！』

ここまで首を突っ込んでおいて、「あとはご自身で勝手にどうぞ」っていうのも薄情だろう。

そういうのは、きちんと同行させてもらうつもりだった。

まあ、相変わらず二斗《にと》にはちょっと申し訳ないけど。一応事前に報告はするし、キルユーまでいかずともワンパンくらいはもらうかもしれないけど、それはそれでしゃあなしだ。

「……ていうかそっちこそ、俺でいいのかよ？」

と、ふと気になって五十嵐《いがらし》さんにも尋ねてみる。

「他にもっと、仲のいい友達とかに頼んだ方がいいんじゃないの？」

彼女には二斗《にと》以外にも、クラスに友達がいるようだった。五十嵐《いがらし》さん自身にも近い感じの、お洒落《しゃれ》な同級生女子たち。誘うなら、彼女たちの方が楽しいんじゃないか。

だけど――、

『いや、坂本《さかもと》がいい』

「えっ……」

『他の友達じゃなくて、坂本《さかもと》がいいんだよ』

思わぬ彼女の言い草にドキリとしてしまった
……それは、どういう意味？。

妙に湿度のある言い方だったけど。坂本《さかもと》がいい、って。

……もしかして。もしかして、五十嵐《いがらし》さん……。

実は内心、俺のことを……？

なんて動揺する俺に。五十嵐《いがらし》さんは底抜けに明るい声で――、

『あんたなら、いくらでも雑に扱えるし！』

「おい！　そういうことかよ！」

『やってみたらなんかつまんなかったーってときでも、坂本《さかもと》相手なら気を遣わなくていいでしょ？　どうでもいいから！』

「言い方！　せめて言い方もうちょいソフトにできんかね⁉」

気軽に誘えるとかそういう言い方もあっただろ！

なんでわざわざ棘《とげ》ある感じにするんだよ！

『――ということで』

そんな俺の抗議もどこ吹く風で。

スピーカーから、もう一度五十嵐《いがらし》さんのうれしそうな声が聞こえた。

『しばらく色々やってみるから、付き合ってね！　坂本《さかもと》！』

「……おう、任せろ」

そのあまりの自由さに、小さくため息をつきながらも。

でもなんだか笑いも漏れてしまって、存外悪くない気分で俺はそう答えたのだった。

＊

そして、俺と五十嵐《いがらし》さんの夢探しデイズが始まった――。

＊

「――じゃーん！　どうよ、これ！」

「へえ……いいね、似合ってる気がする！」

――翌週の週末。

俺と五十嵐《いがらし》さんは都内有数のお洒落《しゃれ》タウン――原宿《はらじゅく》にやってきていた。

現在、俺たちがいるのは老舗《しにせ》だという古着屋だ。

雑然と洋服が並ぶその試着コーナーで、五十嵐《いがらし》さんは選んだアイテムたちをまとめて着用。

俺にコーデを見せてくれている。

「このロックTが映《ば》えそうだよね」

言いながら、五十嵐《いがらし》さんはワイドなデニムにタックインしたTシャツを引っ張ってみせる。

「ゴリゴリのメタル風のを、わたしみたいのが着てるのが面白いかなって」

「あー、確かに。そのギャップはインパクトあるかもな！」

――ファッション系のインフルエンサー目指したい！

というのが、最初に五十嵐《いがらし》さんから出た希望だった。

これまでも彼女は服が大好きで、インスタでお洒落《しゃれ》な人をフォローしてはコーディネートを研究。自分好みの格好を追求していたらしい。

何か趣味を作るなら、自分もファッションについて発信する側を目指してみたい。そう思ったそうだ。

うん、確かに五十嵐《いがらし》さんに似合っているし、納得感のある夢だと思う。

ということで、俺たちはまず撮影のための服を買うべく、原宿《はらじゅく》に繰り出し。こうしてお洒落《しゃれ》で映《ば》えそうなアイテムを探しているのだった。

……まあ、俺自身はそんなにファッションに詳しくないわけで。どれくらいお役に立てているのかは謎なんですけどね。けどまあ、素直な感想くらいは言えると思います。

──ちなみに。

五十嵐《いがらし》さんと今後ちょくちょく出かける予定なのは、先日二斗《にと》にも説明済みだった。

「あ、あの！　もちろんこう、浮気《うわき》とかじゃねえんだよ！」

一緒に歩く帰り道で、渋い顔の二斗《にと》に俺は必死に説明する。

「その、あれだから……時間移動に関わることだから、はっきりは言えないんだけど。けど、俺と二斗《にと》の今後のために、必要なことであって……」

二斗《にと》と仲良くし続けるため、五十嵐《いがらし》さんと目標探しをしてる──という辺りは伏せておいた。

二斗《にと》もこの間言っていた通り、それを本人に教えちゃうのは本末転倒な感じがするし。

そして、二斗《にと》もその辺は察してくれたのか、

「……わかりました」

唇を尖《とが》らせ、二斗《にと》は納得してくれた。

「いいよ、行ってきても。でも、その分普段からわたしを大事にすること。それから、指一本でもあの子に触ったら、キルユーですから」

「指一本でも⁉」

——というわけで、俺は五十嵐《いがらし》さんへのノータッチを貫くべく。彼女から最低一メートルの距離を取るよう気を付けつつ本日の買い物に臨んでおります。

そんな俺の配慮も露知らず、五十嵐《いがらし》さんはコーデのチェックに余念がない。

「でもこのワイドパンツは、プチプラの店で新品買った方がいいかもなー」

鏡を見ながら、色んな角度から自分の格好を見る五十嵐《いがらし》さん。

「あんまり古着感が出すぎると、ちょっとあれだしー。上手《うま》く今のやつもミックスして……」

「……つうか意外だな」

ふと気が付いて、俺はそうこぼしてしまう。

「五十嵐《いがらし》さん、古着とかプチプラ着るんだ。ブランドじゃなくて……」

なんとなく、もうちょっと高そうな服を着ているんだとばかり思っていた。

ハイブランドとまではいかないけれど、ややお高めで若い子に人気の服、みたいな。

インスタで人気なのも、そういう服を着こなす女の子なのかと思ってたけど……。

「いやいやー、ブランドのとか高いから」

そんな俺に、五十嵐《いがらし》さんはごく当たり前みたいな声で言う。

「ていうか、ネットで人気のファッション系の人も、プチプラのコーデ上げてる人がすごく多いんだよ。YouTubeとかだと、むしろそっちが主流かも。で、そこにわたしは古着の要素を入れることで、オリジナリティ出そうと思ってる感じ」

「はー、なるほどね……」

そうだったんだ、全然知らんかった。今や皆、お高い服よりも安い服を楽しむ時代なのかもな。俺みたいな見た目に疎《うと》い人間にとっては、むしろそっちの方がありがたい。

「んー、なんか普段の感じすぎるな」

五十嵐《いがらし》さんが選んだ服を入れたかごを見て、そんなことを言う。

「せっかくだから、もうちょいチャレンジしたい……」

うむ、とうなりつつ、彼女は思い付いた顔になると、

「……そうだ！　坂本《さかもと》選んでよ！」

「え、俺⁉」

「うん。何でもいいから三千円以内くらいで、ビビっと来たやつ持ってきて！」

「えー、俺でいいの？　ファッションセンス、全然ないけど……」

「知ってる。でも、そういう人が選んだの組み込もうとすることで、新しい扉開けるんじゃないかなって」

「……んー、そっか」

ナチュラルに俺がセンスないのを肯定されたけど……まあいいか、事実だし。

俺なりに、良さそうに思うやつを選んでやろう。

俺は辺りを見渡し、ジーパンだったら無難かな、なんて思い、

「……じゃあ、これ」

手近にあった、年季の入った一本を五十嵐《いがらし》さんに手渡した。

他のと比べて何の変哲もない、メンズ風の大きめの一本だ。

どうやら五十嵐《いがらし》さん、ビッグシルエットっぽく着るのが好きっぽいし、これなら似合うんじゃないですかね。

「ふうん……なんか、意外と普通のやつだな。……まあいいか！」

うなずくと、彼女はレジに向かって歩き出しながら、

「これで買い物は終了だね！　あとは帰って、ざざっと撮影やっちゃおう！」

歌うような、珍しく本当に楽しそうな口調でそう言ったのだった。

「──もうちょい待ってねー。髪だけ服に合わせちゃうから」

「はいよー」

そして──やってきた五十嵐《いがらし》家。

リビングの椅子に腰掛け、俺は五十嵐《いがらし》さんの今日最後のコーデが完成するのを待っていた。

善は急げ、ということで、彼女は今日のうちにインスタのアカウントを作り、そこに買ってきた服のコーデをアップする予定らしい。

その手伝いも頼まれた俺は、ごく自然な流れて五十嵐《いがらし》邸にお邪魔してしまっている。

この状況は……どうだろうね。二斗《にと》的にはセーフですかね？　キルの可能性あるだろうか。

……というか。

「……」

周りを見回しながら、俺は意外な気分を拭いきれない。

──年季の入った家だった。

もしかしたら、築五十年くらいになるんじゃないだろうか。

かなり貫禄《かんろく》を感じるアパートに、五十嵐《いがらし》さんは住んでいた。

内装こそ、新しい家具類や調度品が収められていて古めかしくはないけれど、設備は明らかに二昔以上前のもので、それが五十嵐《いがらし》さんの華やかな印象と上手《うま》く嚙《か》み合《あ》わない。

しかも……こう言ってはなんだけど、結構狭い気がする。俺のいるリビングと、寝室兼五十嵐《いがらし》さんの勉強部屋になっている二部屋しか、ないように見える……。

家族の姿は見えないけれど、仕事にでも行ってるのかな？

両親と五十嵐《いがらし》さん三人で暮らしてるとしても、この広さだとなかなかにごちゃごちゃした生活になりそうだな……。

「――お待たせー」

考えていると、ふすまを開けて五十嵐《いがらし》さんが出てくる。

「やっとなんとかなったよ、坂本《さかもと》の選んだデニムのコーデ」

「……おおほんとだ！　すげえ似合ってる！」

彼女の言う通り――五十嵐《いがらし》さんは、俺の選んだデニムを見事にはきこなしていた。

肩の出るカットソーとキャップ。流行の小さめのバッグに件《くだん》のデニムと、取り合わせの難しそうなアイテムが見事に噛《か》み合《あ》っている。

俺が同じようなことやろうとしたら、マジでぐちゃぐちゃになっちゃいそう。

やっぱセンス良《い》いんだな、五十嵐《いがらし》さん……。

「ふふふ、よかった。じゃあ、さっそく撮っていこうか！」

「おう、任せろ」

言い合って、俺たちは撮影を始めた。

閉めたカーテンを背景に、五十嵐《いがらし》さんは様々なポーズを取る。

そして俺は、その顔が見えづらいような角度を意識しながらスマホで撮影していく。

今回本気で顔を隠したりはしないものの、モロ出しは一応避ける、というスタンスだ。

「……よし、こんな感じだけどどう？」

「ふんふん、よさげだね」

一通り撮り終えて、二人でスマホを覗《のぞ》き込んだ。

「これなら、今日だけで四、五枚アップロードできるかな」

「だな、それくらいは良《い》い写真ありそう」

「アカウントスタートさせるなら、それくらいあるとちょうどいいかもねー」

言いつつ、五十嵐《いがらし》さんは指を画面上でスワイプ。

いくつか画像を確認しつつ……、

「……ていうか坂本《さかもと》、何その体勢？」

ふいに、何かに気付いたようにこちらを見る。

「そんな、顔だけこっちに思いっきり伸ばして……身体《からだ》、めちゃくちゃ離して……」

――確かに、奇妙な格好だった。

顔はスマホに近づけ、ディスプレイをしっかり確認。

ただ、彼女に触れるわけにはいかない。俺は全力で首を伸ばし、身体《からだ》を彼女から離していた。

「……ああいや！　気にしないで！　こっちの事情だから！」

触ったらキルユーされる、なんて言うわけにもいかない。

俺は空笑いで場をごまかしつつ、一層身体《からだ》をジリジリと五十嵐《いがらし》さんから離す。

「ほら、ストレッチみたいなもんだからさ、あはは！」

それでも、どうしても不安は拭えなくて。

何かの拍子にくっついちゃうことがありそうで。だから念のため——、

「……できれば、五十嵐《いがらし》さんも同じ姿勢にしてもらえね？」

「絶対嫌なんだけど⁉」


——そして、事件が起きたのは。

予想外の出来事が俺たちを襲ったのは、その晩のことだった。

『——さ、坂本《さかもと》⁉』

「お、おう⁉　どうした⁉」

そろそろ〇時を回ろうという頃。五十嵐《いがらし》さんから突然来た通話。

回線を繋《つな》げた俺は、彼女の声量にビクリと身を震わせる。

『アップロード、したんだけど……』

うわごとみたいに、五十嵐《いがらし》さんは言葉を続ける。

『インスタ、アカウント作って今日の画像を上げたんだけど……』

「お、おう……」

『なんか、すごいことになってて……』

アカウントを教えてもらって、さっそく俺もパソコンでチェックしてみる。

アップロードされている、数枚の写真。間違いなく、今日俺が撮ったものだった。

そして——その中の一枚。俺が選んだデニムを履いてる画像に、

「……うわ、何だこのコメント数！」

——めちゃくちゃ書き込まれていた。

エラい数のコメントが、その画像につらなっていた。

「何これ、なんでこんな炎上みたいな……」

愕然《がくぜん》としつつ、俺は恐る恐るコメント内容をチェックする。

そんな俺たち、燃えるようなことやってはいないと思うんだけど……。

一体皆、何に食いついてるんだ……？

『——ちょっと待った、このデニムトリプルXモデルじゃない？』

『——うわマジだ』

『——日本にあったのかよ！　やべえ超掘り出し物じゃん！』

――そんな風に、書かれていた。

ファッションマニア――中でも、古着マニアと呼ばれる人たちの書き込みのようだった。

どうやら……俺が選んだデニムが、偶然すごいビンテージアイテムだったらしい。

彼らはコーデなんてそっちのけで、そのアイテムがいかにヤバいかを熱心に語り合っていた。

さらに、

『しかも、このパッチってことは五十年代ですよね。。。』

『値段的には〇十万いっちゃうのでは？』

『50monet（五十嵐《いがらし》さんのアカウント名）さん！　どこで売ってたか教えていただけないですか⁉』

マジかよ…⁉　〇十万……⁉

五十嵐《いがらし》さんがはいてたの、そんな値段がするものだったの……？

『……怖い』

スマホの向こうで、五十嵐《いがらし》さんがつぶやくように言う。

『みんなすごい圧だし、なんか怖い……』

「だな……」

『だから……一旦、アカウント消すことにする』

「お、おけ……」

確かに、コメントから伝わる圧はとんでもないもので。

なんとなく、個人の特定とかまで始まっちゃう予感もして……。

五十嵐《いがらし》さんは、そっとアカウントを削除。そして、彼女の「ファッション系インフルエンサーになろう！」計画は終了したのでした——。

＊

——五十嵐《いがらし》さんと六曜《ろくよう》先輩。

目の前で——二人が腕組みして向かい合っていた。

インスタ事件の翌週。土曜日。

五十嵐《いがらし》さんとともに訪れた、六曜《ろくよう》先輩宅のキッチンにて。

両者とも料理をしやすい服装に身を包み、火花でも散らしそうな勢いでにらみ合っていた。

レフェリーとしてその場に招かれた俺は……緊張気味に唾を飲み込む。

二人のこの気迫……！

見ているこっちが、呑《の》み込まれそうなほどだ……！

これは……とんでもない勝負が見られるかもしれない！

今日は、想像だにしなかったハイレベルな戦いが繰り広げられるかもしれない……！

「……ということで」

そう前置きし、俺は二人の顔を見比べると——、

「五十嵐《いがらし》さんＶＳ六曜《ろくよう》先輩の料理対決……スタートです！」

高らかに、そう宣言した！

同時に——五十嵐《いがらし》さん、六曜《ろくよう》さんは動き出す！

五十嵐《いがらし》さんはにんじん、レンコン、大根の下ごしらえ。

六曜《ろくよう》先輩は、各種スパイスの計量からだ——。


——ことの発端は、先週。

「次は、料理やりたいかなー」

二斗《にと》が来る前の部室で、五十嵐《いがらし》さんがつぶやいたセリフだった。

「わたし、ご飯作るの好きだし。ファッションの次は、お料理の道を追求できないか考えてみたいかも……」

「あー、それよさげだな」

確かに、ナイスアイデアな気がした。

高校生でも手が出しやすく、インスタとかに比べると将来の仕事にも繋《つな》がりやすい。そのうえ、ネットにアップしたりするわけではないだろうから、前回のように変に注目される危険もない。

夢の一歩としては、なかなか良《い》いチョイスなんじゃなかろうか。

「じゃあ、また一緒になんか作ってみる？」

「だな、週末集まってやってみるかー」

「おけ。メニュー何にしようかなあ。スーパーの特売とかチェックしようかな」

なんて話し合っていると、

「……へえ、面白そうじゃん」

そんな声を上げたのは——六曜《ろくよう》先輩だった。

端で聞いていたらしい、彼はこちらに身を乗り出して、

「何、萌寧《もね》と巡《めぐり》、一緒に料理すんの？」

「ああ、ですね……」

うなずく俺に、六曜《ろくよう》先輩はなんだかうれしそうに笑う。

「いいね。いつの間にそんなに仲良くなったんだよ」

「あー。それが最近わたし、坂本《さかもと》にやりたいこと探しを手伝ってもらってて」

五十嵐《いがらし》さんが、そんな風に経緯を説明してくれる。

「ときどきこうやって、付き合ってもらってるんです」

「なるほど……」

腕を組み、うんうんとうなずく六曜《ろくよう》先輩。

と、彼はふいに不敵な笑みを浮かべ、

「……ていうか実は、俺も結構料理には自信があってさ。連れにも食べさせたりするんだけど『店で出せるレベル』って褒められたりするんだよ」

「へー！　そうだったんすか！」

反射的に声が大きくなってしまった。

「六曜《ろくよう》先輩が、料理を……」

ちょっと意外な組み合わせかも。

でも……言われてみれば、イメージもできるのだった。六曜《ろくよう》先輩、色んなことにこだわりが強そうだし。料理するにしても、一手間も二手間もかけたものを作りそう……。

「……俺も食べてみたいなー、六曜《ろくよう》先輩の料理」

浮かぶ予想図に思わずそうつぶやくと、

「お、じゃあ週末、俺んちにも食べに来るか？」

六曜《ろくよう》先輩は、軽い口調でこちらに身を乗り出してくる。

「ちょうどまた、スパイスカレーとか作ろうと思ってたんだよ」

「スパイスカレーですか！　俺、一回食べてみたかったんですよね！　是非お邪魔したい――」

「――ちょちょちょ、待ってよ坂本《さかもと》！」

――割り込んできた。

食い意地に突き動かされて話を進める俺に、五十嵐《いがらし》さんが突っ込んできた。

「あんた、週末はわたしの料理に付き合うんでしょ⁉　話が違うじゃない！」

「え、いやでも……六曜《ろくよう》先輩を土曜、五十嵐《いがらし》さんを日曜とかにすればいけるし……」

「なんかそれやだ！　変な感じに比べられそうでやだ！」

……ああ、そうなの？

いや、別に比べねえけど。そういうの、いやなもんなの？

……でも想像してみると、確かにちょっと気が引けるかもしれないな。

六曜《ろくよう》先輩のこだわりの料理のあとに自分の食べてもらうの、微妙にやりづらいかも。

だとしたら、五十嵐《いがらし》さんの方が先に話をしていたわけで、そっちを優先したいんだけど――、

「……お、ビビったのか？」

――そんなことを。

なぜか六曜《ろくよう》先輩が、煽《あお》るような顔で五十嵐《いがらし》さんに言う。

「萌寧《もね》、俺に料理で勝てそうにないからビビっちゃったのかよ？」

その声に滲《にじ》んでいる、明らかな挑発の色……。

表情も、半笑いみたいに口を歪《ゆが》めて五十嵐《いがらし》さんを見ている……。

……どうしたんだよこの人⁉　普段こんな、好戦的な態度取ったりしないのに！

あれか、車のことになると攻撃的になるタイプの人と同じ感じか⁉　好きなことの話題になると、ちょっと子供っぽくなっちゃう感じなのか⁉

そして五十嵐《いがらし》さんも、

「そ、そんなわけないでしょう！　そもそも、わたしが六曜《ろくよう》先輩に負けるとかありえないですし！」

「じゃあ、勝負するか？　俺んちで、料理対決！」

「いいでしょう！　臨むところです！」

——そんなわけで。俺たちは土曜の昼前に六曜《ろくよう》家に集合。

こうして、二人の料理対決が繰り広げることになったのだった——。


「——おお、両者大分完成形が見えてきましたね」

調理開始からしばらく。

キッチンには、それぞれの料理の良《い》い匂いが漂い始めていた。

六曜《ろくよう》先輩のメニューは、話していた通りスパイスカレー。俺も一度挑戦してみたいと思っていた料理だけど、六曜《ろくよう》先輩はずいぶんと手慣れた様子で作業を進めている。

辺りに漂うエスニックな匂いが、食欲を刺激してたまらない……。

対する五十嵐《いがらし》さんは——意外なことに、今日ここに来るまでメニューを決めていなかったらしい。代わりに、

「——六曜《ろくよう》先輩の家の、冷蔵庫にあるものを使わせてもらっていいですか？」

事前に彼に、そんな確認していた。

「そこにあるものだけで、料理してみせますよ」

もちろん、六曜《ろくよう》先輩はそれを承諾。実際、今も彼女は冷蔵庫にあった野菜やキッチンにあった調味料を駆使して、何やら煮物を作っているらしい。

……大丈夫なんだろうか。

六曜《ろくよう》先輩がスパイスカレーなんてロマン溢《あふ》れるメニューを作る中、そんな地味な感じで大丈夫なんだろうか。

ていうか五十嵐《いがらし》さん、エプロンとかじゃなく家から持ってきた割烹《かっぽう》着を着て調理してるし。

ぱっと見のおかん感が半端《はんぱ》ないんだけど……。

「……しかし」

と、調理状況の確認を終え、俺は周囲を見回す。

「改めて……マジでセレブなんだな、六曜《ろくよう》先輩……」

――広かった。

キッチンが、高校生二人が調理してもまだ余裕があるほどに広かった。

流しは二箇所にあるしコンロもなんと五口。

プロ仕様と見紛《みまが》うハイスペックなキッチンが、この料理対決の舞台になっていたのだった。

――そもそも、家に着いたときからわかっていたんだ。

住宅街の中にあるお洒落《しゃれ》な戸建て。築年数は浅いっぽいし、デザインはなんかシュッとしてそもそもデカい。周りの普通の家の一・七倍くらいデカい。

それが、六曜《ろくよう》先輩のお住まいになる六曜《ろくよう》邸だった。

……確か、親が小さなウェブ系企業の経営者だって言ってたからな。

裕福だと、やっぱり住環境からしてもう桁違いな感じになっちゃうんだな……。

「――できた！」

「――できました」

うらやんでいるうちに、二人の料理が完成する。

調理を終え、お皿に盛り付けられた彼らの料理たち。

――六曜《ろくよう》先輩のスパイスカレー。

――五十嵐《いがらし》さんの作った筑前《ちくぜん》煮、ふろふき大根。

それが、それぞれ三人前――。

「じゃあ……実食といきましょうか」

そう言うと、六曜《ろくよう》先輩も五十嵐《いがらし》さんも重々しくうなずいたのだった、

「……一応、俺が審査員ってことになってますが」

全員で食卓につき、レフェリーとして俺は二人に言う。

「一存で決める気はあんまりありません。両者お互いの料理を食べて、それぞれ感じた優劣で、結果を出しましょう」

「オッケー」

「わかった」

「じゃあ、まずは六曜《ろくよう》先輩のカレーからにしようかな。いただきます！」

「いただきます！」

言い合って、全員でカレーを一口食べてみる。

瞬間――、

「――うま！」

広がった味に――そんな声を出してしまった。

「うわ、すごい豊かな香り……これがスパイスカレー……」

もう、市販のカレーとは全く別物だった。

いくつものスパイスが配合され、複雑で爽やかな香りが鼻を抜けていく。

味付け自体は、塩主体のシンプルなものかもしれない。ただ、香りの緻密さが全体の味わいを二段階も三段階も押し上げている。

「うめえだろ？」

と、六曜《ろくよう》先輩は自慢げな表情だ。

「この味に至るまで、色んなスパイスの配合を試したんだ。時間はかかったけど、ようやく連れからも家族からも好評をもらえたのがこのカレーなんだよ。つまり……これが！」

言うと、六曜《ろくよう》先輩は勝ち誇るような笑みを浮かべ――、

「――俺オリジナルの、最強カレーってわけだ！」

なるほど……どうりで、と納得する。

スパイスそれぞれのバランスがほどよくて、存在感が見事に拮抗《きっこう》している。その調整は、これまで六曜《ろくよう》先輩が時間をかけてじっくり重ねてきたものなんだな……。

隣でスプーンを繰る五十嵐《いがらし》さんも、

「本当においしい……」

と驚いた様子だった。

……これは、決まってしまったかもしれない。

五十嵐《いがらし》さんの料理、食べる前に勝負はついちゃったかも……。

「……じゃあ、五十嵐《いがらし》さんのにいきましょうか。筑前煮《ちくぜん》と、ふろふき大根」

そして――次は五十嵐《いがらし》さんのターン。

見た目には地味なその料理たちに移る。

「それでは、いただきます」

「いただきます」

言い合って――まずは筑前煮《ちくぜん》を一口。

しばし味わってから、味噌《みそ》の載ったふろふき大根も口に入れる。

――最初は、それほどのインパクトはなかった。

スパイスカレーのようなはっきりした味も、香りの華やかさもない。

けれど――、

「……あれ、おいしい」

気付けば――そうこぼしていた。

「筑前煮《ちくぜん》も、ふろふき大根も……こんなにおいしいなんて」

――しみじみと、おいしいのだった。

確かに派手さはない。

突き抜けるような強い香りもない。

ただ――それぞれの味付けが非常に丁寧で。味噌《みそ》、みりん、醤油《しょうゆ》の味わいは心が落ち着く塩梅《あんばい》で。なんだか、勝負中だというのに気持ちが和んでしまう。

「うわ……これいいな」

六曜《ろくよう》先輩も、そんな声を漏しながら箸を進めていた。

「毎日食いたい旨《うま》さだ……」

確かに、その意見には同意だった。

六曜《ろくよう》先輩のカレーが「休日の特別なメニュー」だとしたら、五十嵐《いがらし》さんは「毎日の丁寧な料理」だ。その方向性の大きな違いに、俺は異種格闘技戦を見ているような気分にもなる。

これ……付け焼き刃でできる味付けじゃないぞ。

五十嵐《いがらし》さん、これまでどれほどの時間をこういう料理に費やしてきたのだろう――。

そして――全員が、両者の料理を食べ終え。

「これは……甲乙付けがたいですね」

俺は、その味のハイレベルな互角さに、思わず頭を抱えてしまった。

「六曜《ろくよう》先輩のカレーは、スペシャル感があって楽しかったですし。五十嵐《いがらし》さんの料理は、一生楽しみ続けられる味だった。これは、どう選べば……」

どちらが上、なんて到底決められないのだ。

どちらもおいしかったし、どちらも違う形で素敵な料理だった。

引き分け、としてもいいのかもしれない。ここまで両者、おいしいものを作ってくれたんだ。

ここで順位付けする方が、無粋なのかもしれない……。

ただ――、

「……いや、萌寧《もね》の勝ちだ」

沈黙を破ったのは――六曜《ろくよう》先輩だった。

「俺の負けだよ。完敗だ……」

「……え、そうなんですか？」

思わぬ展開に、俺は思わず首をかしげてしまう。

「俺としては、本当に同じレベルだと思ったんですけど……」

「……心遣いが、違うんだよ」

六曜《ろくよう》先輩は、空になった筑前《ちくぜん》煮、ふろふき大根の食器を見ながら言う。

「塩分もりもり、油ももりもりだった俺に比べて――萌寧《もね》のメニューは、栄養バランスも取れてた。特に俺ら高校生ってなると、野菜が不足しがちだろ？　萌寧《もね》の料理は、そこをカバーできてたんだよ」

「……なるほど」

「あと、普段の生活でも作れるものであること」

六曜《ろくよう》先輩が、そう続ける。

「あくまで俺の料理って、趣味レベルのものなんだよな。普段料理しねえやつが、楽しみで作るもの。それが悪いとか、日常の料理に劣るなんていう気はねえけど、あれだから」

と、六曜《ろくよう》先輩は小さく笑い、

「今日のこのカレー。材料費四千円くらいかかってるから」

「え⁉　たっか‼」

マジかよ！　四千円⁉　三人前とはいえ、家庭料理でそれは高すぎだろ！

「それに引き換え萌寧《もね》は、冷蔵庫にある材料を使ったから費用は〇円だ。これはすげえよ」

「……六曜《ろくよう》先輩」

五十嵐《いがらし》さんも、なんだか泣き出しそうな顔で六曜《ろくよう》先輩を見ている。

「その通りなんです……わたし、いつも家では料理の担当で。こんな風に、その日ある材料やスーパーで安かったもので、栄養を考えながら料理を作ってるんです……」

「だよな。表層は、確かに互角だったかもしれない。けど……その裏側に割かれた心遣いは、段違いだ。萌寧《もね》の方が、料理人として数段上だよ。だから――」

と、六曜《ろくよう》先輩は爽やかな笑みで五十嵐《いがらし》さんを見て、

「萌寧《もね》――お前の勝ちだ」

称《たた》えるような声で、そう言った。

「俺の趣味に、萌寧《もね》の実践的料理が勝ったんだ。うん……完敗だな！」

「……ありがとうございます！」

涙の溜《た》まった目でそう言う五十嵐《いがらし》さん。

「気付いてもらえて、うれしいです。六曜《ろくよう》先輩のカレーも、本当においしかった……」

勝負を終え、称《たた》え合う両者。

その姿に、レフェリーとして俺はうんうんとうなずく。

これにて——料理対決は終了。五十嵐《いがらし》さんの勝利で、幕を閉じた——。

——と、思われたのだけど。

「……ん？」

俺はふと、違和感に気付く。

六曜《ろくよう》先輩の趣味の料理と、五十嵐《いがらし》さんの生活に寄り添った実践的料理。

確かに、どっちも良《い》いものだったけど。勝負に夢中ですっかり忘れてたけど……。

「……五十嵐《いがらし》さん、夢を見つけたかったんじゃなかったっけ？」

思わず、そう口に出していた。

「二斗《にと》への依存をやめるため、新しい楽しみを見つけたかったんじゃなかったっけ……？」

だとしたら——今日の料理、ちがくね……？

日常的にやってきたことだろうし、楽しくもあるだろうけど……。

材料は家にあったもの、普段と変わらない料理……。

となると、元々の趣旨とちょっと違う感じじゃね……？　趣味っていうか、生活じゃね
……？

しばしその場に降りる沈黙。

そして、五十嵐《いがらし》さんは――、

「……あ。確かにこれ……」

今さら気付いた――という顔で。酷《ひど》くマヌケな声を漏らしたのだった――。

「……千華《ちか》の代わりには、ならないかも」

＊

「――いけいけ坂本《さかもと》くん！」

「自分でいけ！」

「ああ！　わかりました！」

かけられたそんな声に、俺はコートを走りながら覚悟を決める。

そして、全神経を右足に集中すると――、

「――おらあっ！」

目の前に転がるボールを、ゴールに向かってシュートした――。

――体育の授業以外での運動。そんなの、一体何年ぶりになるだろう？

小学校の昼休み、みんなでドッジボールをして以来？　公園でした野球ごっこだろうか。

そんなブランクがたたったのか、あるいはそもそも運動センスがなさすぎるのか、

「あああー！」

ボールはあらぬ方向へ飛んでいく。

その軌跡に、相手チームのメンバーが楽しげに笑った。

「あはは！　見事なホームランだな！」

「特大だねー」

ああやべえ、やっちまった……！

せっかくもらったチャンスだったのに、派手にミスった！

恥ずかしすぎる展開に、思わず萎縮しかけるけれど、

「いいよいいよナイッシュー！」

「おしかったなー」

「ずいぶん動けるようになってきたじゃん！」

背後からかけられる、同じチームメンバーの優しい声……。

ウソ……ミスした人にもみんなそんな感じなの？

こんな俺を称《たた》えてくれるの？　シュート打ったってだけで……？

そして、そんな俺をコートの中央辺りで見ている五十嵐《いがらし》さん。

彼女も息を切らし額に汗をかき、それでもその顔には晴れやかな笑みが浮かんでいる。


「——フットサル、やってみねえ？」

そう言い出したのは、料理対決直後。

洗い物中の六曜《ろくよう》先輩だった。

「夢中になれることを探してるんだろ？　実は、俺の連れで男女ミックスのフットサルチームやってるやつがいるんだけど、前々から参加してくれよって言われてて。週末、運動公園のコート借りて活動してるんだ。どうよ、やってみねえ？」

「んー……フットサルですかあ……」

予想外のお誘いに。五十嵐《いがらし》さんはテーブルを拭きながら、ちょっと迷う顔になっている。

「よく知らないんですけど、サッカーのちょっと小さいコートでやるバージョン、みたいなのですよね？」

「だな。あとゴールもボールも小さいし、ルールも違うんだよ。オフサイドがなかったり、スローインじゃなくてキックインだったり。人数も少ないしな。でも、そんなに違いはないから、すぐ楽しめると思うよ」

「なるほど。あんまり運動得意じゃないんですよね、男女ミックスなのも気になるし……」

「あー、大丈夫だと思うけどな。いつか大会出ようとか話してるけど、今は皆初心者みたいなもんだし。萌寧《もね》の他にも何人か女の人いるから、ビビる必要もねえと思う。あと、ルールもミックス向けになってて、女性のゴールは三点扱いだったり、チャージとかタックルを女の人にするのは禁止だったりな」

「へえ、そんなルールがあるんですね……」

俺も知らなかったな……。

なんとなく、サッカー的なスポーツってハードルの高さを感じていた。クラスのイケてるタイプがやるもので、大体の場合が結構ガチで、初心者が楽しめる余地なんてなさそうだった。

けれど、

「それは、結構面白そうすね……」

六曜《ろくよう》先輩の話に、珍しく俺も興味を持ってしまう。

「そんな感じなんだ、フットサル……」

オタクだけのエンジョイ勢オンリーサッカーとかしたら楽しそうだな、とは前から思っていたんだ。さすがに、六曜《ろくよう》先輩のお友達がオタクだとは思わないけど、自分みたいな人間の受け入れ体勢があるようなチームがあるのは、ちょっとだけ気になる。

「あ、じゃあ巡《めぐり》もやるか？」

お、という顔で、六曜《ろくよう》先輩がこっちを見た。

「別に、新しく入るのは一人じゃなくてもいいし」

「え、いやいやいや！」

予想外に矛先がこっちに向いて、思わず声が大きくなった。

「自分はいいっすよ！　マジで運動音痴だし……。そんなことより、五十嵐《いがらし》さん！　そっちが本題でしょ！」

「えー、んー、わたしは……」

と、五十嵐《いがらし》さんは視線を落とし。

しばし悩んでから顔を上げ——なぜか俺を見ると、

「坂本《さかもと》がやるなら……わたしも行こうかな」

「……俺ェ⁉」

「うん、初心者一人だと不安だし。一緒にやってくれる人がいるなら、挑戦してみたいかなって」

「ええー……」

「つーことで、どうよ、巡《めぐり》」

なんだか楽しげに笑いながら、六曜《ろくよう》先輩が改めて俺に尋ねる。

「萌寧《もね》はああ言ってるけど。俺としても、ダチ二人が参加してくれるならうれしいし」

——そんな風に言われると、断ることもできず。

あと、六曜《ろくよう》先輩にダチって言われたのがうれしかったこともあって——、

「じゃあ……やってみようかな」

俺は参加を決意。こうして、らしくもないフットサルに臨むことになったのだった——。


「——いやーやるじゃん萌寧《もね》ちゃん！」

「ね、初めてとは思えない動きだったよ！」

そして——軽い練習からの試合を終《お》え。

俺たちは、メンバーの皆さんと片付けをしつつ雑談タイムに入っていた。

「えー、ほんとですか！」

汗を拭いながら、五十嵐《いがらし》さんは上気した顔に潑剌《はつらつ》とした笑みを浮かべている。

「わたし必死で、ただ走り回った感じでしたけど……お役に立てました？」

「立った立った！」

「初試合でシュート決めるんだもん、びっくりしちゃったよ」

──大活躍だった。

最初はアラ……つまりサッカーのMFのポジションで。

そして後半はFWにあたるピヴォとして試合に参加した五十嵐《いがらし》さんは、これが初挑戦とは思えない活躍ぶりだった。

初めのうちこそ慣れない運動に戸惑っていたものの、中盤以降でコツを摑《つか》んだのか。

俺から見ていても動きがよくなり、なんとシュートまで決めていた。

「坂本《さかもと》くんも良かったよ！」

「どうよ、楽しかった？」

「ええ、思ったよりずっと楽しかったっす……」

皆、俺にも口々にそんな声をかけてくれる。

どうやら、マジでこのチームはいい人揃《ぞろ》いらしい。なんとなく想像していた「陽キャ感」というか、ナチュラルな上から感は全くなく、年下で初心者の俺にも同じ目線で接してくれていた。

ただ、やっぱり今日のルーキーは五十嵐《いがらし》さんだ。

「ていうか、萌寧《もね》ちゃんさ」

このグループのリーダーだという、男子大学生。

確か名前は……三津屋《みつや》さんが、向こうで五十嵐《いがらし》さんに声をかけている。

「よければ、このチームに入ってよ。これからも、できれば一緒にやりたいし」

「え！　ほんとですか？　うれしいけど、どうしようかな……」

「もちろん、今ここで決めてとは言わないよ」

言って、三津屋《みつや》さんは笑う。

育ちの良さそうな端正な顔が、ふわっと柔らかさをまとう。

「じっくり考えてもらっていいから、気が向いたらで。ああ、あと念のため、連絡先を教えてもらえると――」

――おお、と思う。

五十嵐《いがらし》さんが、連絡先を聞かれている。しかも、華やかな感じのイケメン大学生に……。

「じゃあ、ラインのＩＤを……」

「おけ、俺がＱＲもらうから……」

はー！

「慣れてる」っぽい二人の間だと、こういうやりとりも自然ですね……。

自分が異性にラインとか聞こうとしたら、もっとこう……必死な感じになりそうな気がする。

「ラ、ラインとか、聞いたりしても、よかったりしちゃったりします……？」みたいな。

「おー、三津屋《みつや》が萌寧《もね》と絡《から》んでる」

そばにいた六曜《ろくよう》先輩が、そんな彼らを見ながら声を上げた。

「なんか、本気で萌寧《もね》のこと気に入ったっぽいな、あいつ」

ちなみにこの人も、今日の試合には参加している。ポジションは俺たちのチームのゴールキーパーポジ、フットサルで言うゴレイロで、守護神として相手のシュートをブロックしまくってくれていた。

「……へえ、そういう感じなんですか、あれ」

なんかさらっとした印象だったから、普通に普段からあんな風なのかと思っていた。

けれど、六曜《ろくよう》先輩は本当に物珍しげに、

「おう、あんな風にあいつが女子をチームに誘うとこ、初めて見たわ」

「そうなんだ……」

へえ……じゃあ、マジで五十嵐《いがらし》さんに興味持ったんだな、三津屋《みつや》さん。

まあ実際あの子、上手《うま》かったしなあ。それに、そういうの抜きにしても、客観的に見ればかわいい女子だと思うし。

そして……俺はなんとなく思い出す。

五十嵐《いがらし》さんと、やりたいことをリストアップしていったときに、彼女がぽつりとこぼしたセリフを。

「――あと、彼氏もほしいんだけどねー」

「――千華《ちか》にも彼氏ができたし。わたしも恋したいなー」

＊

「――最近、楽しそうだね……」

二斗《にと》が――唇を尖《とが》らせていた。

「最近わたしだけのけ者で、萌寧《もね》と六曜《ろくよう》先輩と、楽しそうにしてるよね……」

いつも通りの帰り道。

大通りを抜けて、二斗《にと》の自宅近くの住宅街に入ったところだった。

五十嵐《いがらし》さんの家や二人の思い出の公園も、この少し先に行ったところにある。

「あー……だよなあ、ごめんな」

その悲しげな表情に、俺も素直に謝ることしかできない。

「なんか、そういう感じになってて申し訳ねえ。そりゃ寂しいよな……」

確かに、のけ者だと感じられてもしかたないと思う。

ここのところ、週末や祝日は五十嵐《いがらし》さん、六曜《ろくよう》先輩と会ってばかり。

二斗《にと》と遊んだりすることはできていない。

もちろん、彼女の前であからさまにインスタの話や料理の話やフットサルの話をすることはないけれど……それでも、なんとなく「雰囲気」は伝わるものだろう。

俺としては、本当は二斗《にと》ともっと一緒に過ごしたいし、だから一層現状が心苦しかった。

「……まあ、事情はわかるんだけどね」

そこでようやく、二斗《にと》は表情を緩める。

「最近は、三人が何をしてるのかもちょっとずつわかってきたし。たぶん、萌寧《もね》と趣味みたいなのを探してる感じだよね？」

「……まあ、そうだな。やっぱ、見てればなんとなくわかるか」

「だねー……。それにまあ、もし坂本《さかもと》たちがわたしを誘ってくれてたとしても」

と、二斗《にと》は視線を落とすとふっと息をつき、

「結局あんまり、参加できなかったかもだけど」

「ああ、そらそうだわな」

「こっちもこのところ、結構忙しかったから……」

――大躍進だった。

ここしばらくで、二斗《にと》は大きな変化を遂げていた。

まず、先日のバズをきっかけに、二斗《にと》の人気が大きく拡大。

それまで三万人ほどだったチャンネル登録者数が一気に十五万人近くに増え、再生数も爆発的に増えた。

結果——様々な話が、二斗《にと》のところに届くようになったらしい。

配信ライブや夏フェスのお誘い。

大手レコード会社からのリリースの提案や、ウェブメディアのインタビュー依頼。

音楽系ＹｏｕＴｕｂｅｒからのコラボ依頼は、数え切れないほどの件数になったらしい。

——現段階で。

この高校一年夏前の段階で、二斗《にと》は早くも国内注目の若手ミュージシャンになりつつある。

「……しかも、事務所もデカくなるんだろ？」

困り顔で笑う二斗《にと》に、俺は尋ねる。

「こないだ発表があったよな。新しく何人か所属するって」

「だねー……。ｍｉｎａｓｅさんも、バタバタして大変そう。あの人、大学行けてるのかなあ……」

二斗《にと》のバズと業務量の増加を受けてか、あるいは前からその予定だったのか。

少し前にインテグレート・マグは法人化を発表。それと同時に、二斗《にと》の他に二人、声優と配信者が所属することになるそうだ。

「すげえなー、二斗《にと》。あの……無理せず頑張ってな」

二度目のことながら。俺はやっぱり二斗《にと》のしていることに素直に感心してしまって。

どこか夢を見ているような気分で、彼女に言う。

「身体《からだ》壊したりしたらあれだし、良《い》い感じに頑張ってください……」

「……うん」

俺の言葉に、二斗《にと》は視線を落とす。

「気を付けるよ、ありがとう……」

「……まあ、もう二斗《にと》だって、今後何が起きるかわかってるだろうけどな」

ふと気が付いて、俺はそう付け足した。

「だから、対策済みなのかもしれないけど、気を付けて」

「……ああー」

そこで。

なぜか二斗《にと》は、ちょっと迷うような顔になってから、

「……あんまり、こういうことは言わないつもりだったけど」

と前置きして話し出す。

「わたしの主観では――結構初めてなことだらけなんだよ、やり直しても」

「……そう、なのか？」

予想外の言葉に、一瞬返事に詰まりかける。

「でも、繰り返してるなら、未来も知ってるはずで……」

「……毎回、違う行動してるからさ」

困ったように息を吐き、二斗《にと》は続ける。

「やり直す度に、根本的に試すことは違うから。そのせいか、起きることって本当にバラバラなんだよ。今回だって、この段階でこんな風にバズったのは初めてだったし」

「あー……そうか。なるほど、そうなるのか……」

言われてみれば、確かにそうなのかもしれない。

俺の『時間移動』と二斗《にと》の『ループ』では、根本的に仕組みが違う。

行き来するのではなく、最初から高校生活をやり直している二斗《にと》。そして彼女が毎回違う生き方を心がけているなら、そこで起きることは毎回必ず違うものになるんだ。

それこそ、些細《ささい》なことが大きな変化に繋《つな》がるのはバタフライエフェクトとして有名で、俺もSF映画なんかでよく見かけた現象だ。

だからこそ——二斗《にと》は、今回のループで起きることをあまり知らない。

……逆に言えば。それを一番よく知っているのは、「このループ」の未来から来た俺、ということになるだろう。彼女にとっては「最新のループ」をやり直している——この俺、ということに。

「……ちなみに」

ふと気になって、俺は尋ねてみる。

「今回は……今までとどう違う高校生活を目指してるんだよ」

純粋な好奇心だった。

「これまでとは違うことをしてみてるんだろ？　どこがどう違うんだ？」

何度も目標を持ってやり直しているなら、今回だって何が具体的な狙いがあったはずで。

「この三年間はこれを試してみよう」なんて意識したポイントがあったはずなんだ。

それが、どうにも気になった。

「……ああ、もちろん、言いたくないならいいんだけど」

慌てて、そうも付け足す。

「一応、やり直しの話はそんなにしない約束だし……」

その問いに、なぜか二斗《にと》はちょっと疲れた顔で笑い、

「……そうだなあ、それくらいは言っておこうかな」

そう前置きすると、真《ま》っ直《す》ぐ俺を見て――、

「――巡《めぐり》だよ」

はっきりと――俺の名前を呼んだ。

「巡《めぐり》と仲良くなってみる、っていうのが、今回試そうとしてたことだよ」

――数秒の間を置いて。

「……そう、だったのか？」

ようやくそんな言葉を返して、声がかすれているのに気付く。

「今回、初めて……俺と仲良くなった、ってこと？」

そういう……ことになる。

これまで、俺と二斗《にと》は今回ほど近い関係ではなく。何か理由があって、彼女はこのループで、俺に接近した――。

そして二斗《にと》も、

「……うん、そうだね」

落ち着いた様子で、俺にうなずいてみせる。

「それまでは、本当にただのクラスメイト、って感じだったから。ここまで仲良くなったり、こんなに好きになっちゃったり、付き合ったりは……初めてだよ」

――ただのクラスメイト。

その言葉に、なんだか脳のジンと痺《しび》れる感覚がある。

これまで彼女が送ってきたであろう、毎日のイメージが脳裏をよぎった。

二斗《にと》と出会わない俺の高校生活。俺と出会わない二斗《にと》の高校生活。

教室で顔は合わせるけど会話することはなくて、他人同士として毎日を過ごして、卒業を機に関わることもなくなる。

何度も繰り返されたそんな青春。二斗《にと》のいない、俺の三年間。

そんな日々の幻想に、俺は妙に寂しい気分になる。

人と人の繋《つな》がりとか、当たり前に過ごしている毎日は——俺が思っていたよりも、ずっと儚《はかな》いものなのかもしれない。

そして——同時に強く疑問に思う
なぜ二斗《にと》は、今回俺と仲良くなることを選んだんだろう。彼女は、何を期待して「俺と仲良くする」ことなんかを、今回のやり直しの目標にしたんだろう。

どこからが、彼女の狙い通りなんだ?

同じ天文同好会に所属することになったこと? 放課後の部室で、偶然出会ったこと?

あるいは……入学式の日、桜吹雪《ふぶき》の中でぶつかったところから?

「というわけで、今回は今回で初めてのことばっかりなんだけど」

二斗《にと》が、そんな風に言葉を続ける。

「それでも……わたしを待っている問題は同じなんだ。わたしがこの三年で行き詰まっちゃうのは変わらなくて、その根本は、わたしがわたしである限り続いて……」

二斗《にと》は、ふっと息を吐き、

「最後には、破綻する」

――破綻。

それはきっとこれまでのやり直しで、彼女が何度も繰り返し味わってきたことなんだろう。

今回の高校生活で――それを回避するため俺と仲良くなった。

彼氏彼女の関係にさえなった――。

――もちろん、彼女の気持ちがウソだとは思わない。

きっと二斗《にと》は、本気で俺を好きでいてくれている。

これまでの俺に対する態度からも、そこに疑いはない。

けれど――、

「……だから、頑張らなくちゃ」

ぽつぽつと言葉をこぼしていく二斗《にと》。

「今回は、絶対に……わたしがなんとかしなくちゃ……」

――底知れなさを感じた。

――自分に言い聞かせるような、その声。

――足下を見ているようで、どこも見ていないようにも見える視線。

さっきまで、そこにいたのは俺の知っている二斗《にと》だった。

かわいくて真面目でずぼらなところもある。俺の彼女だった。

けれど――今は。この瞬間は、彼女が何か別の人のように見える。

病的にストイックで、天才的な感性に恵まれたミュージシャン。

繊細で、脆《もろ》くて、いつか失踪してしまう表現者――nito。

俺の知る彼女から、ずいぶん遠い存在になってしまった――。

そして――俺は実感する。

どうしても、普段の二斗《にと》と「失踪」という結末のイメージが、結びつかずにいた。

あの明るくて適当で「正義」の女の子である彼女が、そんな悲劇的な結末を迎えるなんて納得できなかった。

けれど――今ならわかる。nitoなら、ありえるんだ。

今の彼女なら、今目の前にいる女の子なら、そんな結末にたどり着きうる――。

そんなタイミングで――、

「――だからー！　わたしが持つって！」


――声が響いた。

通りの向こうから、聴き慣れた声がした。

「重いでしょそれ！　ほら袋パンパンじゃん！」

ビクリとしてそちらを見る。

隣の二斗《にと》も、表情をさっと変え顔を上げ、

「……あれー、萌寧《もね》じゃん！」

視線の先。そこにいた彼女に――弾むような声を出した。

――五十嵐《いがらし》さんだった。

五十嵐《いがらし》さんと……もう一人。大人の女性がその隣にいて――スーパーの帰りだろうか。

食料品のいっぱい入ったレジ袋を取り合っている。

「あー、千華《ちか》と坂本《さかもと》！」

五十嵐《いがらし》さんもこちらを見てぱっと表情を明るくし――すぐに隣の女性にちらりと目をやって、
恥ずかしげな顔になる。

「あらー、千華《ちか》ちゃんこんにちは！」

当の大人女性は、二斗《にと》を見て表情を崩した。

そして二斗《にと》も、ずいぶんと親しげな様子で、

「こんにちはー。なんか久しぶりだねー萌寧《もね》ママ」

「そうね、入学式以来？　そういえば見たよ、動画。すごいことになってるね」

「あーあはは。ね、なんか偶然めちゃくちゃ見られちゃって……」

……萌寧《もね》ママ。なるほど、この人は五十嵐《いがらし》さんのお母さんか。

様子を見る限り、下校途中の五十嵐《いがらし》さんが偶然道端で会って、荷物を受け取ろうとしていた

とかそんな感じだろう。

言われてみれば——確かに萌寧《もね》ママ、五十嵐《いがらし》さんによく似ている。

小柄なところも顔立ちもそうだし、服装やお化粧がお洒落《しゃれ》なのも五十嵐《いがらし》さんと通ずるものを感じる。年齢的にはうちの両親とそう変わらないんだろう。けど、印象もずいぶん若々しい。

そんなことを考える間にも、お母さんからレジ袋をひったくる五十嵐《いがらし》さん。

不満そうにむすっとしつつも、決してお母さんと距離を取ろうとはしない。

親子仲がいいんだな。俺だったら、なんか恥ずかしくなってもっと乱暴な態度を取っちゃいそうな気がする。

「……あ、ちなみにこっちにいるのは坂本《さかもと》っていって」

と、二斗《にと》は萌寧《もね》ママに俺を示し、

「わたしの彼氏です」

「えー！　そうなのー！」

瞬間——萌寧《もね》ママの目が輝いた。

彼女は声のトーンを三段階くらい上げ、

「え、坂本《さかもと》くんっていうの？　千華《ちか》ちゃんの彼氏⁉」

「あ、は、はい……」

思わぬテンションに気圧《けお》されつつ、俺はおずおずとうなずいた。

「一応、そうすね……。あと、五十嵐《いがらし》さんとも同好会の仲間で……」

「まあーそうだったんだー！」

ニマニマ笑いつつ、じろじろ俺を見ている萌寧《もね》ママ。

「萌寧《もね》がいつもお世話になってます！　それにしても……へえ〜なるほど〜。ふーん……」

……いや、そんなガン見しないでください！

『これが千華《ちか》ちゃんの彼氏ねえ……？』感全開でじろじろ見ないでください！

品定めされるの怖い！

「はあ〜、みんなもう、そんな年なのねえ……」

ふいに、萌寧《もね》ママはそう言って目を細める。

「ついこの間まで萌寧《もね》も千華《ちか》ちゃんも幼稚園だったのに、もうそんな……」

「いやいやー、さすがについ最近ではないでしょー」

その言葉に、二斗《にと》はケラケラと笑っている。

「もう十年くらい経《た》ったんだから。一昔前でしょー」

そういえば……二斗《にと》、今は優等生バージョンじゃないんだな。

なんとなく、友達の親の前ではそっちになりそうな気がしていたけど、今の二斗《にと》は素のまま。

ちょっと適当な女の子モードだ。ずいぶんと萌寧《もね》ママと親しい様子。

きっと、家族ぐるみで付き合ってきたんだろう。この間五十嵐《いがらし》さんが言っていた通り、本当にご近所のお友達同士として仲良くしてきたんだろうな。

「……そういえば！」

と、萌寧《もね》ママは急に気付いた顔になり、

「萌寧《もね》も、この間デートに誘われたのよね？」

「ちょっとママ！」

五十嵐《いがらし》さんが、突然の暴露に血相を変える。

「それ、勝手に言わないでよ！　千華《ちか》たちにはまだ話してなかったんだから！」

「あらそう？　言っちゃまずかった？」

「……いや、元々話そうと思ってたからいいんだけど。でも、その……」

……へえ、デート。五十嵐《いがらし》さん、なんか男子に誘われたのか……。まあ、この人のルックスやキャラを考えると、そういうのも珍しいことじゃなさそうだけど。

そして、俺にはやっぱり思い当たる節があって、

「……三津屋《みつや》さん？」

俺は、五十嵐《いがらし》さんに尋ねてみる。

「フットサルのとき、結構絡《から》んでたろ？　あの人じゃないの？」

そんな気がした。

その日の三津屋《みつや》さん、ずいぶんと五十嵐《いがらし》さんを気に入ってたし。なんとなく、今この子を誘

うならあの人の気がする。

案の定、五十嵐《いがらし》さんはおずおずとうなずき、

「……そう。あの、千華《ちか》は会ったことないよね。フットサルで知り合った三津屋《みつや》さんって大学生で……」

と、彼女はもう一度俺の方を見ると、

「どう思う……？」

そんな風に、俺に尋ねてきた。

「デート、行った方がいいかな？　断った方がいい？」

「……えー、どうだろ」

急に矛先を向けられて、俺は考える。

「三津屋《みつや》さんなあ。印象は悪くないけど……」

いや、まず自分がデート経験とかほとんどないですからね……。

こんな質問されてもどう答えればいいのかわかんないっす……。

ただ、せっかく頼ってもらえたんだ。俺は記憶をたどって、三津屋《みつや》さんのことを思い出す。

……普通に、悪い話じゃないんじゃないかなあ。

あの人、イケメンだったし。性格も良さそうだったし。実際、フットサル初心者で足を引っ張っていた俺にも、親切にアドバイスをしてくれた。少なくとも、この段階で断るような理由

はない気がする。

だから、素直に背中を押そうと口を開いたところで――、

「――ダブルデートしよう！」


――二斗《にと》が。

俺より先に二斗《にと》が、そんなことを言い出した。

「わたしと坂本《さかもと》カップル、萌寧《もね》とその人のカップルで――ダブルデートしようよ！」

「……え、えええ？」

五十嵐《いがらし》さんが、混乱気味に眉を寄せる。

「千華《ちか》と坂本《さかもと》も？　なんで……？」

「いやー、最近わたし、全然坂本《さかもと》と遊べてなくて」

二斗《にと》は、言いながらわざとらしくすねた顔をする。

「ほら、同好会でもハブられてるし……全然付き合ってるっぽいことできないし！」

「あ、ああ、それはなあ……」

「あー、確かにそうなのか。ごめん……」

「だから、これをきっかけに遊びに行ったりしたいなって！」

「……ふむ」

なるほど……それは確かに、ありかもしれない。

五十嵐《いがらし》さんの問題は解決したいけど、俺としては彼女である二斗《にと》も大事にしたい。

そう考えれば、ダブルデートはその二つを両立できるナイスアイデアかもしれない。

「それに、興味あるんだよねー」

二斗《にと》は続ける。

「もしかしたら、萌寧《もね》その人と付き合うかもしれないんでしょ？　彼氏になる可能性だって、あるわけでしょ？」

「や、ま、まだそこまではわかんないけど……」

五十嵐《いがらし》さんは、もじもじと身をよじって、

「まあ……可能性は、なくはないかな」

「でしょ？　だったら、見ておきたいじゃない！」

胸を張って、二斗《にと》はそう主張する。

「相手がどんな人なのか！　わたしの親友にふさわしい男子なのか、知りたいじゃない！」

「……あー、んー……」

そこで——一気に五十嵐《いがらし》さんの顔がニヤけた。

あ、たぶんこれ……二斗《にと》の「親友」ってフレーズが効いたな……。

ほんとにチョロいなこの子……。

二斗《にと》がちょっと仲良しアピールすると一発で落ちるじゃねえか……。

「……そ、そこまで言うんだったら」

俺の呆《あき》れも露知らず。五十嵐《いがらし》さんはあくまで「渋々」という顔を無理に作りながら。それでも、確かな「ニヤけ」を口元に残したままこう言ったのだった。

「ちょっと、三津屋《みつや》さんに相談してみるよ……」

第三話 chapter3

【ウェット・アンド・ウォータリー・ブルー】

「──おお……開放感！」

自宅のある荻窪《おぎくぼ》から、電車で一時間ほど。

二斗《にと》、五十嵐《いがらし》さんと三人で訪れた、葛西臨海公園駅《かさいりんかいこうえんえき》。

その駅舎を出た俺は──広がる景色に、そんな声を上げてしまった。

「すげえ！　空が広い！　やっぱ海のそばはいいな！」

──目の前には、だだっ広く緑溢《あふ》れる公園。

──見上げれば、一面の青空。

見るからにアウトドアレジャーな空間が──俺たちの前に広がっていた。

「おおー！　いいねいいいね！」

「都内にこんなとこあったんだ……！」

女性陣もさっそくハイテンション。五十嵐《いがらし》さんはスマホで写真を撮りまくっている。

俺たちの住む荻窪《おぎくぼ》はどちらかというと、ごちゃごちゃして雑多な街だ。

大型の店も面白い個人店もある分、道は狭く緑は少なめで、それとは正反対なこういう場所に来ると、どうしても気持ちが昂《たか》ぶっちゃう。

そして、

「──おーい！」

向こうから声がした。

「来てくれてありがとね！」

見れば——短めの黒髪と、つるっとした印象に整った顔。

シンプルなデザインで、高そうながらも嫌味のない服装。

——三津屋《みつや》さんだった。

五十嵐《いがらし》さんを今日のデートに誘った陽キャ男子大学生、三津屋《みつや》さんが笑顔でこちらへ駆け寄ってくるところだった。

「いえいえ、誘ってもらえてうれしいです」

どこかよそ行きな口調で、五十嵐《いがらし》さんは彼に笑い返す。

「というかごめんなさい、友達カップルまで呼んじゃって……」

「いいんだよ。こっちこそ、ほとんど話したこともなかったのに誘っちゃってごめん。来てもらえてうれしい」

——ということで、七月上旬。

五十嵐《いがらし》さんの「友達も一緒にダブルデートなら」という提案を、三津屋《みつや》さんは快諾。

こうして、二斗《にと》と俺もご一緒して、葛西臨海公園《かさいりんかいこうえん》でのデートとなったのだった。

ここを訪れるのは小学生のとき、親と一緒に来て以来だろうか。

当時は季節が冬だったせいか、寒々しくてちょっと寂しい場所だった記憶があるけど、今日は通りにも結構人が溢《あふ》れている。キッチンカーが出ていたりテントを立てているグループも見えて、なんとなく夏フェスみたいな賑《にぎ》やかさだ。

「よし、じゃあ行こうか」

「はい！」

言い合って、俺たちは歩き出す。

現在の気温は二十度台後半。最高気温は、三十度にも届くらしい。

けれど海から吹いてくる風が肌を撫《な》でて、半袖の腕も日差しを浴びる顔も気温のイメージより涼しい。

——絵に描いたような、デート日和《びより》だった。


「坂本《さかもと》くんと、二斗《にと》さんもありがとう」

とりあえず——園内にある水族館へ向かおう。

そういう話になりマップにしたがって歩きながら、三津屋《みつや》さんが俺たちに言う。

「ごめんね、本当は二人がよかったかな……」

「いえいえー、そんなことないですよ！」

二斗《にと》がそう言ってからっと笑った。

クラスで見るときと同じ優等生モード。だけど、そのセリフは少なくとも本心のようで、

「実は彼、最近わたしのことほっぽらかしまくりなんですよ！　萌寧《もね》とか、他の先輩と遊んでばっかりで……」

そう言って、恨みがましい目で二斗《にと》はじとっと俺を見る。

「だから、今回お話もらえたおかげで、やっとデートできました！」

……すいませんねえ、寂しい思いをさせて。

ほっぽらかしてるのは二斗《にと》のためって面もあるけど、寂しい思いさせたのは事実なわけで、申し開きもできません……。

だから当然、今日は二斗《にと》にもたっぷり楽しんでもらうつもりだ。付き合って以降初のデート、絶対に良《い》い一日にしたい。

「……そっかそっか」

そんな俺たちを、三津屋《みつや》さんは目を細めてみている。

「せっかくだから、二人とも仲良くなれるとうれしいよ」

ちなみに……今日に関しては、改めて五十嵐《いがらし》さんからも協力依頼をもらっている。三津屋《みつや》さんがどんな人か見てほしい。『二斗《にと》への執着削減計画』の観点からも、付き合ってもいい相手なのかチェックしてほしいとのこと。

確かに……そこは俺としてもがっつり見極めたいところだ。

三津屋《みつや》さん、あなた本当に、五十嵐《いがらし》さんが夢中になるに値する男性なんですかねえ……。わたしは少々厳しいですよ……（審査員面）。

「で、さっそくなんだけど……」

と、三津屋《みつや》さんはふいに声を顰《ひそ》め――、

「……二斗《にと》さん、その格好で大丈夫？」

「へ？　わたしですか？」

「うん」

うなずくと、彼はごく何でもないような調子で、

「君、最近ネットで話題でしょ？　俺もさっき気付いたけど」

「あ、ああ。そうですね。なんかそんな感じで……」

……へえ、三津屋《みつや》さん気付いてたのか。二斗《にと》が今バズりにバズっているnitoだって。

さらに彼は、さりげなく周囲に目を配り、

「ちょくちょく、周りの人にも気付かれてるかも」

「ほんとですか？」

言われてみると確かに、周囲の何人かが、二斗《にと》に視線をくれている。

おお、これは気付かれてる。明らかにnitoだって勘付かれてる……。

「だからもしあれだったら、その辺で帽子かサングラスでも買っていかない？　ほら、売店にあるみたいだから」

彼の指差す先、飲み物や食べ物の並ぶ売店には、確かに変装に使えそうなグッズも売っているようだった。海水浴に来る人も多いだろうから、そういう客向けなんだろう。

「あーそうですね……ちょっとわたし、行ってきます！」

しばし考えてから、売店へ駆け込む二斗《にと》。

その背中を見送ってから——俺は改めて、三津屋《みつや》さんをちらりと見る。

……ふん、初っぱなからやるじゃないか。

二斗《にと》が有名人だと気付いたばかりで、いきなりここまでフォローできるなんて。

俺が同じ立場だったら、相手が現れた瞬間ビビり散らかして三度見くらいしてたと思うし、以降も永久にキョドっちゃってたと思う。これは高得点です（上から）。

そして、しばらくすると、

「——じゃじゃーん！」

二斗《にと》が戻ってきた。

ド派手な黄色い縁の、パリピ的に浮かれまくったサングラスをかけて戻ってきた。

「どう？　これでｎｉｔｏってバレないでしょ⁉」

「いやにしても派手すぎだろ！　隠れたい人がかけるやつじゃないだろそれ！」

突っ込む俺の横で、五十嵐《いがらし》さんは楽しそうに笑っていた。

「あはは、千華《ちか》意外と似合ってる！」

「でしょでしょ？」

「今度から学校もそれで登校しようよ！」

「えーしちゃう？　これで授業受けちゃう？」

「無理に決まってるだろ！　正門通る段階で没収されるわ！」

「よし！　これで変装はできたし！」

俺の指摘なんてどこ吹く風で、二斗《にと》はこちらの腕をギュッと掴《つか》んだ。

「さっそく——デート再開といきましょう！」

＊

「——うわー、サメがいっぱい！　かっこいい……」

「いいよね、この水槽。俺も子供の頃から好きで……」

そして到着した——薄暗い水族館内。

まず目の前に現れた大きな水槽に、五十嵐《いがらし》さんが張り付いた。

その後ろで、三津屋《みつや》さんは微笑《ほほえ》ましげにそれを眺めながら、

「シュモクザメとか形も面白いしね。ほらあの、頭の形が不思議なやつ」

「あー、なんか図鑑とかで見たことあります！」

五十嵐《いがらし》さんは鞄《かばん》からスマホを取り出し、シュモクザメの写真を連続で撮りまくる。

どうやら彼女、先日のインスタチャレンジをきっかけに、写真を撮るのにハマり始めたらしい。学校でもこうして出かけたときでも、気になるものができたときにはカメラを向ける癖がついたようだ。

そして確かにこの水族館。写真で撮ったら魅力的に映りそうなシーンがそこかしこにある。

ライトアップされた水槽に、そこを泳ぐ様々な形の生き物たち。

『映え』はさほど狙ってはいないようだけど、その分魚や生き物の姿をフィルターをかけずに見ることができて個人的にも好印象だ。オタク、『映え』を嫌悪《けんお》しがち。

「良《い》いの撮れたね！　……ほら、順路はこっちみたいだよ」

一通り撮り終えた五十嵐《いがらし》さん。

彼女が辺りをキョロキョロしだしたのを見て、三津屋《みつや》さんがジェントルにエスコートする。

「この水槽も面白そうでしょ。五十嵐《いがらし》さん、好きなんじゃないかな」

「わあ、ほんとだ……！」

正直──それがなんだか、意外な光景だった。

俺の中で、三津屋《みつや》さんは『体育会系陽キャイケメン大学生』ってカテゴライズだ。

実際、ツーブロックの髪や着ている高そうな服。フットサルチームの中心メンバーであることを考えれば、そのイメージは大きくは外れていないと思う。

　でもなんとなく……そういう人たちって、デートするならもっと「ウェイウェイ」するんだと思ったんだよな。ＢＢＱしたり海で泳いだり、こうして水族館に来るにしても映える写真目的だったり、っていうイメージ。

　ただ今の彼は、五十嵐《いがらし》さんの隣で静かに水族館を回っていて。

　彼自身楽しそうに水槽を眺め、話すときにも小声を心がけている様子で――、

「……ちょっと、俺三津屋《みつや》さんに偏見持ってたかも」

　本人に聞こえないように、俺は隣の二斗《にと》に言う。

「もっとこう、遊び人の感じなのかと思ってたよ」

「あーね、思ったよりはパリピ系ではなかったね」

　二斗《にと》もそう言って、こくりとうなずいた。

「わたしも第一印象は、そっちなのかなって思ってた」

「だよな。それに今のところ、かなり好印象だ。失点も一個もないし、普通に楽しいし……」

　実は、もうちょっと嚙《か》み合《あ》わない予感がしていたんだ。

　五十嵐《いがらし》さんは、目立つ系とはいえ中身は文化系で、二斗《にと》も同じような感じ。

　そして俺は、まごうことなき陰の者。

　そんなメンバーと三津屋《みつや》さんがデートをすれば、嚙《か》み合《あ》わず盛り上がらず、「ちょっと……相性アレだったね」って感じになる予感がしていた。

だから、正直な今のところの感触でいえば上々。事前の予想よりも、ずっと印象が良《い》い。

これは……良《い》いんじゃないのか？

五十嵐《いがらし》さんの彼氏として、結構有力候補なんじゃないのか？

「……まーでも、萌寧《もね》と合うかは別問題だからねえ」

相変わらず俺の腕をがっちり摑《つか》み。

謎の柔らかさを俺の身体《からだ》に押し当てながら、二斗《にと》は落ち着いた声で言う。

「どんなに条件が合ってても、なーんかしっくりこないってことはあるから」

「それは……その通りだな」

確かにそうだろう。人は条件で恋をするわけじゃない。色んな要素をひっくるめて、トータルで相手のことを好きになるんだ。

だからまあ、ここからですな。デートはまだ始まったばかりだし、じっくり見極めていこうと思う。

「……ていうか」

と、ふいに二斗《にと》が低い声を上げた。

「見すぎでしょ……」

「……へ？」

「巡《めぐり》さっきから、飼育員さん見すぎ……」

「え？　そ、そうか……？」

思わぬ指摘に、反射的にぽかんとしてしまう。

けれど、二斗《にと》はそんな俺を一層疑わしげに覗《のぞ》き込み、

「ほら今も。餌やりしてるあのお姉さん、じっと見て……」

「……あ、ああ……」

確かに——今俺は目の前の水槽。その中を泳ぎながら魚たちに餌やりをしている、飼育員さんの姿を眺めながら話していた。すげえ楽しそうなんだよな。フワフワ泳ぎながら魚にご飯あげるの……。俺もやってみたい……。

けれど、二斗《にと》はどうもそれが不満のようで、

「もう！　彼女が隣にいるのに、水着の女の人ばっかり見て……」

「いや、水着っていうかウェットスーツだろあれ！　露出ゼロだよ！」

「じゃあ、仮にわたしがこの水槽に入っていったら、飼育員さんじゃなくてわたしの方を見てくれる……？」

「見るに決まってるだろ！　ビビってガン見するわ！」

「ちなみに、格好はビキニの水着ね」

「どういう状況だよ……見るとかじゃなくて引き上げにいくわ……」

「引き上げられちゃうかー」

ぱっと表情を明るくして、けらけら笑う二斗《にと》。本気で焼き餅を焼いていたわけでもなく、からかっていただけらしい。まあ、わかってたけどな……。

「……はあ」

深呼吸をして気持ちを入れ替えると。俺と二斗《にと》は五十嵐《いがらし》さんたちを追うようにして、館内をもう一度歩き始めた。

＊

その後も、俺たちは順路に沿って水族館内を見ていった。

南極圏最大の魚の剝製に「でか！」とビビり、巨大なマグロの水槽でなぜだか二十分近く釘《く》付《づ》けになり、小さなペンギンたちのかわいい動きを皆で目で追った。

その間、五十嵐《いがらし》さんは夢中で写真を撮影。三津屋《みつや》さんは、大人っぽい顔でそれを見守りつつ、彼女が好きそうなポイントを見つけるとそこに案内してあげていた。

そして――お土産コーナーでそれぞれのお土産を購入。

大満足で水族館を出て、次は観覧車に乗ろうと四人で海沿いの道を歩いていく。

「あの、本当によかったんですか？」

小さなタコのぬいぐるみを手に、五十嵐《いがらし》さんは三津屋《みつや》さんに尋ねた。

「わたしたち三人の、お土産代まで出してもらっちゃって……」

「うん、もちろんだよ」

言って、三津屋《みつや》さんは俺たちに笑った。

「最近ちょっと割の良《い》いバイトしてて、財布には余裕があるんだ。それに、みんなのおかげで楽しいし」

——おごってもらっちゃったのだ。

三津屋《みつや》さんは五十嵐《いがらし》さんのみならず、俺と二斗《にと》の分のお土産代まで出してくれた。

ちなみに、五十嵐《いがらし》さんが買ったのは今彼女が持つタコのチャームみたいなもの。

俺は魚の小さな化石で、二斗《にと》はマグロ柄の靴下を買っていた。どのタイミングではくつもりなんだよそれ。

ちなみに、水族館の入館料も今回三津屋《みつや》さんが払ってくれている。

それもあって、ってわけじゃないけれど。お金で手懐《てなず》けられたわけじゃないけれど、気付けば俺たちはすっかり三津屋《みつや》さんに気を許していて、

「あの、ありがとうございます！」

「わたしも、この靴下大事にします」

「いえいえ、どういたしましてー」

二斗《にと》と二人で、ほくほく気分で三津屋《みつや》さんにお礼を言ったのだった。

「ほしかったんすよねー、魚の化石」

「へー。これ本物なのかな？」

「ですよ。一億年くらい前のらしいっすね」

「そりゃすごい」

「……あ」

と、言い合っている俺たちの横で、五十嵐《いがらし》さんが声を上げる。

その視線の先には、通路脇のお手洗いがあって――、

「ちょっと……行ってきていいですかね？」

「もちろん！」

「あ、わたしもー」

「はいはい、気を付けてー」

五十嵐《いがらし》さんと二斗《にと》が、連れだってトイレに行く。

その場に残された、俺と三津屋《みつや》さん。

なんとなく、ぼーっと待つのも微妙に気まずいので、

「……あっち行ってみようか」

「ですね」

なんて言い合って、二人で波打《なみう》ち際《ぎわ》の方へ歩いていった。

「……おー、この辺はやっぱり潮の匂い結構しますね！」

「だねー。俺実は、地元が海沿いの街で。だからこういうの、懐《なつ》かしいんだよなあ」

「へえ、三津屋《みつや》さん地方出身なんだ……」

言い合いながら、俺は改めて三津屋《みつや》さんについて考える。

今のところ――彼は一貫して「いい人」だった。気づかいもできるし空気も読めるし、ルックスも良ければ経済的にもしっかりしている。

水族館でお話ししたところ、ご実家がマジでお金持ちっぽいことも判明した。本人ははっきりとはそう言っていないのだけど、会話に出てくる実家の構造とか、毎年海外旅行するとか、そういうディテールから裕福さがはっきり感じ取れる。

今のところ――条件だけでいえば不満点は一つもない。

彼氏にするにしても、引っかかる点は皆無といえるだろう。

ただ……逆にちょっと不安を覚え始めてもいた。

まだ素が見えていないというか、人間くさい部分が見えてこないというか……。

例えば、三津屋《みつや》さんと同じような系統である六曜《ろくよう》先輩も、ちょこちょこ人間くささを感じることがある。この間、トイレに行く際「ちっとうんこ行ってくる」とか言い出して、女子二人から「言わなくていいです」と非難を浴びていた。

そういうのが、三津屋《みつや》さんにはないのだ。

そのせいか、まだ彼の一面しか見えていない感覚があって。五十嵐《いがらし》さんにお勧めすべきかそうでないのか、判断がつかないままで――、

「――うわああっ！」

――悲鳴がした。

考え込んでいる俺の耳に――男性の悲鳴が飛び込んできた。

方角は――さっき三津屋《みつや》さんの歩いていった方、海沿いから。

弾《はじ》かれたようにそちらを見ると――、

「え、み、三津屋《みつや》さん⁉」

――へたり込んでいた。

三津屋《みつや》さんは、腰でも抜けたように地面にへたり込んでいた。

「な、何があったんですか⁉」

駆け寄って、顔を覗《のぞ》き込み尋ねる。

「ケガとか⁉　体調でも悪くなったんですか⁉」

見れば――真《ま》っ青《さお》になっていた。

それまで血色の良かった三津屋《みつや》さんの顔色が、真《ま》っ青《さお》になっていた。

一体……何があったんだ⁉　この人にこんな表情をさせるなんて！

通り魔⁉　強盗⁉　急に持病の発作が起きた⁉

何にせよ、大ごとなのは間違いない。ごくりと唾を飲み、三津屋《みつや》さんの言葉を待っていると、

「……そ、そこ」

震える声で、そう言う三津屋《みつや》さん。

彼はおずおずと手を上げると、少し先。波の打ち寄せる護岸ブロックを指差し——、

「そ、そこに……」

「……な、何かあるんですか？」

腰を上げ、俺も彼の指差す方に顔を近づける
ぱっと見は、何の変哲もないブロックだ。濃い灰色の、時折波を被《かぶ》る石畳のような構造。入り組んだ形になっていて、表面がでこぼこしていて……これが、どうかしたんだろうか？

よくわからなくて、俺はさらにブロックに顔を近づる。

至近距離からその表面を眺める——、

「……ん？」

——動いた。

コンクリの表面が、何やらもぞもぞと蠢《うごめ》いた。

そして、次の瞬間——、

——ぞわわわわわわわわ。

「――どわあああ！」

――大移動が始まった。

コンクリートの表面。

そこに大量に張り付いていた――フナムシたちが一斉に移動を始めた！

「ひ、ひぇええええ！」

――ぶっとんだ。

三津屋《みつや》さんと似たような声を上げながら、後ろに尻餅をついた。

いやえぐいって！　至近距離でフナムシの大移動見ちゃうのとか！

ぱっと見、Gにも似てるし！

へたり込んだまま、マッハで後ずさって距離を取る。

まだ心臓がバクバク言っていて、全身から汗が噴き出す。

そこでふと――いつの間にかそばにいた三津屋《みつや》さん。こけたままだった彼と目があった。

髪が乱れ、まだ顔の青い彼はなんだか等身大にかっこ悪く見えて。

クラスにいる、同世代の友人のようにも感じられて――、

「……あはははは」

「……いやー、参ったね」

お互い、なんとなく笑い出してしまったのだった。

＊

「――そのー、さっきの件は。黙っていてもらえると助かるよ……」

そそくさとフナムシゾーンを離れ。

二斗《にと》と五十嵐《いがらし》さんを待ちながら、三津屋《みつや》さんは酷《ひど》く恥ずかしそうに俺に言った。

「フナムシでビビってこけたとか、萌寧《もね》ちゃんに言わないでもらえると助かる……」

「ああ、それはもちろん」

思わず笑ってしまいながら、俺はそう答えた。

「ていうか、俺だって同じ感じになったんすから。そりゃ黙ってますって」

「あはは、ならよかったー」

困った様子で眉を寄せ、髪をかいている三津屋《みつや》さん。

「狙ってる子にあんなの知られたら、さすがにハズいからね……」

そのルックスはやっぱり、体育会系陽キャで。

三代目うんたらに入っていても、おかしくなさそうな感じに見えて。

「正直、意外でした……」

だから、なんとなく親近感を覚えながら、俺は三津屋《みつや》さんに言う。

「三津屋《みつや》さん、ああいうの全然平気そうなのに。むしろ、アウトドアとか好きそうだし、慣れてそうなイメージでした」

「……やー、あんまりそうでもないんだよ」

言って、三津屋《みつや》さんはふうと息を吐く。

「もうバレてるだろうから、坂本《さかもと》くんだけには言うけどね……俺、まあまあヘタレててさ」

「へえ……」

そう言う三津屋《みつや》さんの顔からは、さっきまでの自信が消えていて。

本当に、困ってしまったような表情をしていて……、

「……俺勝手に、陽キャオブ陽キャ、みたいな感じの人なのかと思ってました」

「陽キャなあ。うん、まあそうではあるのかもしれない」

そこはあっさり認めて、三津屋《みつや》さんはうなずいた。

「友達は多い方だと思うし、コミュ力も、人並みにはあるつもりだしね」

「ですよね」

「でも何だろうな……例えば、フットサルの仲間に比べると、全体的にちょっと小物っていうか。ほら、春樹《はるき》とかに比べると、運動も勉強も全然だし」

――春樹《はるき》。六曜《ろくよう》先輩のことだ。あの人、あの陽キャ揃《ぞろ》いのフットサル仲間の中でも、そうい

う「すげえやつ」ポジションなのか。

「モテるモテないで言っても、実はいまいちモテない方で……」

「そうは見えないですけど……」

「マジ？　でも、もうすぐ十九才なのにこれまで彼女も二人しかいなくてさ」

いや十分いるじゃないですか！

むしろ十八才で彼女二人いるとか、多い方では……⁉

三津屋《みつや》さん界隈《かいわい》ではそうでもない感じなんだろうか……？

「だから正直、今日も必死なんだよ……」

言って、三津屋《みつや》さんは困ったように笑う。

「萌寧《もね》ちゃん、すげえかわいいと思って。一目惚《ひとめぼ》れだった。しかも、フットサルも一生懸命やってくれるし、どうしても仲良くなりたくて……」

「なるほど……」

「ここまでも、空回らないようにめちゃくちゃ頑張っててさ……」

「そう、だったんですね……」

……ようやく三津屋《みつや》さんのことが少しわかった気がした。

――切実なんだな、と思う。

全然別の世界の人に見えて、どういうことを考えているのか想像もできずにいた。きっと、こんなデート彼にとっては大したことじゃなくて、だからスマートに振る舞えるんだと思っていた。

けれど——実際は違う。

好きな人の前で背伸びして、実はあんまり自信もなくて、フナムシに驚いて尻餅をつく。そういう、ごく普通の真面目な青年なんだ、この人は。

「だから……もしよければ」

そして、三津屋《みつや》さんはお手洗いに目をやり。

二斗《にと》と五十嵐《いがらし》さんが出てくるのを確認すると、

「坂本《さかもと》くんも……応援してくれたりすると、助かるよ」

俺に笑った。

その表情に——なぜか、俺がきゅんときてしまって。

困ったような笑みに、不覚にもときめいてしまって——。

そして——思う。

……推せるじゃないか！

三津屋《みつや》さん、本気で推せる、好青年じゃないか……！

＊

——その後、駅の近くの飲食店でお昼を食べ。

俺たちは、葛西臨海公園《かさいりんかいこうえん》の名物である大観覧車へやってきていた。

「——お、意外と涼しい……」

「ほんとだね……」

二斗《にと》とそんな風に言い合いながら、二人で観覧車へ乗り込む。

空調なんてないだろうし蒸《む》し風呂《ぶろ》かもな……と覚悟していたのだけど、意外にもきちんとエアコンが設置されているようで、むしろ外よりもゴンドラ内の方が涼しそうだった。

「楽しみだなー」

ウキウキしながら、二斗《にと》の向かいの席に腰掛ける。

「子供のときから、好きだったんだよこの観覧車……」

地上高百十七メートル。

最近まで日本一の高さを誇っていたこの観覧車のことは、よく覚えていた。

海や街が遠くまで見えるのが楽しくて、幼い俺は大はしゃぎ。当時の満面の笑みを浮かべて景色を見る俺の写真が、今も自宅のテレビ台の上に飾られている。

「二斗《にと》も、好きになってくれるといいんだけどな……」

徐々に上がっていくゴンドラの中、さっそく景色を眺めながら俺はつぶやく。

「俺のお気に入りの場所、二斗《にと》も気に入ってくれるといいんだけど……」

——ちなみに。今回は俺、二斗《にと》ペアと五十嵐《いがらし》、三津屋《みつや》ペアで分かれてゴンドラに乗ることになっている。今回のデートで初めてのツーショットタイムだ。

さっきの一件で彼に心を許した俺は。むしろ、大分好印象を抱いてしまっていた俺は——内心で二人の進展をささやかに祈っておいた。

このタイミングで、三津屋《みつや》さんと五十嵐《いがらし》さんが距離を縮められていますように……。

考えているうちに——ゴンドラがどんどん高度を上げていく。

周りを風がびゅんびゅん言いながら通り過ぎ、遠く東京湾の向こうまで見え始める。

そして——、

「……ん？」

俺は、ふと気付いた。

「なんで二斗《にと》……サングラスしてんの？」

さっき買ったサングラス。

二斗《にと》は最初こそ楽しそうにつけていたけれど、あっという間に飽きたらしい。

水族館の暗がりの中や人が周りにいないタイミングでは外していたし、当然観覧車でもつけないものと思っていたけど……なぜか、現在彼女はがっつり着用。パリピを醸《かも》し出《だ》しているおかげで、ゴンドラ内全体に謎のダンスフロア感が出てしまっている。

「……しかもなんでそんな、真正面向いてるんだよ」

どういうわけだか、彼女はまんじりともせず前方を凝視。

せっかくの景色を見ることもなく固まっていた。

さらに、

「……」

無言で、なぜか椅子から腰を上げる彼女。

そのまま中腰ですすす、とこちらに来ると、俺の隣に着席し、

「……え、どした？」

ひしと俺の腕を摑《つか》んできた。

「おい、何？　どう、したんだよ……」

――思わず、ドキドキしてしまう。

密着している彼女の身体《からだ》。未《いま》だに慣れることのできない、その温かさと柔らかさ。

しかもこの角度だと……彼女の胸元が見えてしまいそうで。ざっくり開《あ》いた襟ぐりから、谷間やら何やらが見えてしまいそうで、反射的に目をそらした。

……え、どうするつもりなの？

こんな、二人きりの密室で、こんな風にくっついて……。

まさか二斗《にと》、何かしらするつもりなんじゃ。密着を超えた、何かをしてしまうつもりなんじゃ……。

――と、一瞬思いかけるけれど。

「……！」

気付いた。俺は、あることに気付いてしまった。

恐る恐る彼女に手を伸ばすと――サングラスを取る。

すると、案の定――、

「……涙目じゃねえか」

うるうるだった。

「今にも泣きそうっていうか、半泣きじゃねえか……」

――二斗《にと》が、涙をこぼす寸前だった。

今まで見たこともない弱り切った表情。というか、よく見ると顔色も大分悪い。

額には汗が浮かび、手も足も小刻みに震えちゃっている。

つまりこれは。二斗《にと》の、この反応は……。

俺は、一度ごくりと唾を飲み込んでから――、

「……高いとこ、苦手だったのかよ」

――彼女に、そう尋ねた。

「二斗《にと》、高所恐怖症だったのか……」

……そういうことだろう。

高いところが怖いのに、観覧車に乗ってしまった。

周りなんて到底見れないし、泣き顔が見られたくないからサングラスをかけていた……。

けれど、二斗《にと》はふるふると首を振り、

「べ、別に違うし……」

と、謎の強がりを始めた。

「ただちょっと、ゴンドラの中暑いから……汗かいてるだけだし」

「いや涼しいだろ。ガンガンエアコン効いてて」

「涙目なのは、好きな曲のこと思い出して感動してたからだし……」

「このタイミングで情緒乱れすぎだろ……」

そんな風に言い合っていた――そのときだった。

一陣の強い風が吹く。俺たちの周囲を、うなりを立てながら通り過ぎていく。

結果――ゴンドラは結構な勢いで揺れて、

「――いやあああああっ！」

――叫んだ。

二斗《にと》がこっちがビビるほどの大声で叫んだ。

彼女はしがみつく腕に一層力を入れながら、

「ちょっと！　巡《めぐり》揺らさないでよ！」

「揺らしてねえよ！　明《あき》らか風だっただろ！」

「ああまた揺れた！　ほんとやめてよもー！」

「だから俺じゃねえって！　ていうかやっぱり怖いんじゃねえか！」

ため息をつき、俺は窓の外を見る。

そうこうするうちに、観覧車は頂上を通過。徐々に高度を下げ、地上が近づきつつある。

「……まあ、もう少し我慢してくれよ」

ため息交じりに、俺は二斗《にと》に言った。

「あとちょっとで地面に戻れるから、それまでの我慢だ……」

あと数分で、このゴンドラから解放されるはず。

辛《つら》いとは思うけど、それまでなんとか耐えてしてもらうしかないな……。

なんて思ったのに、

「……それでいいの？」

なぜか二斗《にと》は、あからさまに無理矢理の笑顔を俺に向ける。

「いいって、何が？」

「巡《めぐり》、そんなに観覧車好きなら、この景色を見せたかったたって言うなら……」

そう前置きすると……二斗《にと》は荒い息で。

さっきよりも青くなった顔で、俺に言ったのだった。

「わたしは、もう一周付き合ってあげてもいいよ……？」

「だからマジ無理すんなって！」

＊

「――はー、浜辺なんて久しぶり……」

東京湾から吹く風を受け、すっかり調子を取り戻した二斗《にと》は目を眇《すが》めていた。

「きれいだね。よかった、巡《めぐり》と来られて……」

「だなー……」

彼女の隣で、俺もうなずいた。

「いいな、海。ベタだけど、なんかグッとくるな……」

観覧車を降り、しばらくの休憩（二斗《にと》の回復待ち）を挟んだあと。

俺たちは最後に海辺にやってきた。

海水浴やバーベキューのできる……西なぎさという区画らしい。

そこで俺は、

「この海のずっと向こうに……俺の行ったことのない国とか、街があるんだな……」

——エモくなっていた。

目の前に広がる景色に——大層エモくなっちゃっていた。

やっぱ、街育ちの人間としてこういう景色は「特別」なものなんだよな。

別にこう、水平線が見えるわけじゃないけど。目の前にあるのは東京湾で、向こうにはアクアラインの海ほたるなんかも見える。

それでも、俺は吹く風の匂いや波の音に、なんだか感傷的になってしまう。

ちなみに……ここでも俺たちはそれぞれのカップルでツーショットになっている。五十嵐《いがらし》さんと三津屋《みつや》さん組も、少し離れた場所で海を眺めているようだ。

「……ありがとな、ダブルデートしようって提案してくれて」

思わず、そんな言葉が漏れた。

「最初はどうだろうって思ってたけど……うん、楽しかったよ」

「でしょう？」

自慢げに胸を張り、二斗《にと》はふふんと笑う。

「絶対楽しいって思ってたんだよね。みんなで出かければ」

「いやーさすがっす。さすが二斗《にと》さん」

「ふふん、苦しゅうない。……お、なんかラインだ」

と、二斗《にと》はポケットからスマホを取り出し、ロックを解除する。

そして、表示されているメッセージを確認し、

「……配信ライブか」

小さく、そうつぶやいた。

「……ん？　どうしたんだよ？」

「……ああ、えっとね。ｍｉｎａｓｅさんからラインが来てて」

ｍｉｎａｓｅさん。てことは、インテグレート・マグの業務連絡か。

「前から計画されていた配信ライブの日取りが今月下旬で決まったから、準備を始めようって
……」

「……あ、ああ、なるほど」

──配信ライブ。今月下旬──。

それはきっと、三年後の五十嵐《いがらし》さんが言っていた「例の配信ライブ」だ。

二斗《にと》と五十嵐《いがらし》さんが大げんかをする、絶交する原因になるライブだ。

反射的に、緩んでいた気持ちが引き締まる。

背筋が伸びて、意識が海の向こうから足下に戻ってくる。

俺たちにとってのタイムリミットであるそのイベントが──ついにこっちの時間軸でも、話

題に上った。

……きっと、五十嵐《いがらし》さんはまだ夢中になれるものを見つけられていない。

少なくとも、この段階では二斗《にと》の存在に対抗できるほど、好きだと言えるものを見つけられていないだろう。

だからあと数週間。夏休みが始まる前に、俺と五十嵐《いがらし》さんは結果を出さなきゃいけない。

……このデートがそのターニングポイントになれば。三津屋《みつや》さんと付き合うことになったりすれば、渡りに船ではあるんだけど。

さらに、

「……二斗《にと》？」

返信メッセージを入力している二斗《にと》。

その表情が——酷《ひど》く怜悧《れいり》なのに気付いて。

ぎょっとするほど鋭いのに気付いて、思わず彼女の名前を呼んだ。

「ど、どうしたんだよ……そんな怖い顔して」

「……え？　あ、ああ。ごめん……」

画面から顔を上げると、二斗《にと》は眉を寄せて笑う。

彼女は迷うように口ごもってから、

「このライブ……結構重要で」

「……重要？」

「そう。何度もループしてわかったんだけど……ここで失敗すると、すごくまずいんだよ」

「……どう、まずいんだよ？」

もしかして、二斗《にと》も知っているのか？

このライブが、五十嵐《いがらし》さんとの絶交のきっかけになることを。

そう思ったけれど――二斗《にと》はこちらを向き小さく笑い。完全に、予想外の答えを口にする。


「――インテグレート・マグが潰れる」


「……マジで？」

「うん、マジ」

「事務所丸ごと、潰れちゃうのか……？」

「うん、そうなる。で、わたしも音楽できなくなっちゃう」

「……そう、か」

それ以上、返す言葉を失った。

インテグレート・マグが潰れる。確かにそういうこともあるのかもしれない。俺のいた未来では、インテグレート・マグはもはや人気の芸能事務所だ。潰れるなんて想像がつかない。

けれど、現段階ではまだそれはｍｉｎａｓｅさんの個人事務所で。

知名度も規模もまだ駆け出しレベルなわけで——一回のライブの失敗で、全部吹き飛んでしまってもおかしくないのかもしれない。

そんなことになると——その原因となるｎｉｔｏの活動も。彼女が音楽を続けることも、難しくなってしまう……。

「そしたら……わたしまた、このループも失敗だから」

言って、二斗《にと》は唇を噛《か》む。

「また全部、ダメだったってことになるから……」

もう一度、彼女の表情が固くこわばる。

俺の彼女である二斗《にと》から、ミュージシャンであるｎｉｔｏになってしまう。

「……頑張らないと」

そして——その言葉は。

二斗《にと》がこぼした「頑張らないと」という言葉は。自分を奮い立たせているというよりも、どこか自分を縛り付けているようにも聞こえた。

……どうすれば、力になれるだろうと思う。

二斗《にと》が抱えているもの。彼女が解決したがっている問題。そこに、俺ができることもあるはずだと思う。実際、五十嵐《いがらし》さんとの間を取り持つのも、彼女のためにもなると思う。

けれど――配信ライブ。

彼女が一人で、音楽と向き合うその場所で。

俺に、できることはあるんだろうか。彼女の力になる方法は、あるんだろうか――。


「――ね、ねえ……！」


ふいに、後ろから声をかけられた。

振り返ると――五十嵐《いがらし》さんがいる。

風で髪がぼさぼさになり、なぜか息が上がった様子。

「ど、どうしたよ⁉」

その姿に、思わず尋ねる声がうわずった。

様子がおかしい。何か、酷《ひど》く動揺してるっぽいぞ……。

見れば……三津屋《みつや》さんは。さっきまで五十嵐《いがらし》さんといたはずの彼は、数十メートル向こうを
ゆっくりとこちらへ向かっているところで――、

「……告られた」

五十嵐《いがらし》さんが――かすれる声でそう言う。

「三津屋《みつや》さんに……告られた！」

＊

「──めちゃくちゃ熱烈だったよ……」

帰りの電車で。

隣同士席に座って、五十嵐《いがらし》さんはそう報告する。

「絶対に大事にする、幸せにするから。だからどうか、付き合ってくださいって……」

「……それは、すげえな」

「今までも、告られたことはあったけど……あんなのは初めてだった」

窓の外を、東京の夕景が流れていく。

東京駅《とうきょうえき》から新宿駅《しんじゅくえき》にいたるまでの、山手線《やまのてせん》内の景色。

俺たちの住む杉並区《すぎなみく》よりも、この辺りは歴史ある感触が街からも伝わってくる気がして。入り組んだ立体に、この土地を開発してきた人々の積み重ねが見える気がして。小さい頃から、俺は車窓の風景を眺めるのが好きだった。

「とりあえず、返事は待ってもらってるんだけど。……どう思った？」

ちらりとこちらを見て。

五十嵐《いがらし》さんは、率直にそう聞いてくる。

「二人から見て、三津屋《みつや》さんはどう見えた？」

「俺は……正直、かなりお薦めかも」

まず俺は、端的に結論を伝える。

「優しいし、紳士的だし、本気で五十嵐《いがらし》さんのこと好きそうだし。あと、意外と抜けてて接しやすいところもあって、うん。俺はいい人だと思った。個人的にも印象が良《い》い」

「……え、意外と抜けてる？」

不思議そうに、彼女はこっちを覗《のぞ》き込んでくる。

「そんなとこあった？　わたし、あんまりわかんなかったけど……」

「あ、ああいや！　何でもない！　ごめんこっちの話！　なんかそんな予感がしたというか……」

「ふうん……」

疑わしげに俺を見る五十嵐《いがらし》さん。

けれど、諦めたようにふっと息をつくと、

「……千華《ちか》は？」

俺の隣に座る二斗《にと》にも、そう尋ねた。

「千華《ちか》から見て、三津屋《みつや》さんどうだった……？」

確かに、彼女の意見も聞きたいところだろう。

二斗《にと》はやっぱり感性が鋭いわけで。俺ら以上に、深く三津屋《みつや》さんのことを見抜いているかもしれなくて。もしかしたら、別の角度から有意義な意見をくれるかもしれない。

けれど——、

「……千華《ちか》？」

二斗《にと》はうつむいている。

「……ねえ、千華《ちか》！」

「……ん？　あ、ああ」

ようやく気付いた様子で、顔を上げる二斗《にと》。

彼女は無理にその顔に笑みを張り付かせ、

「何？　どうしたの？」

「だからー！　三津屋《みつや》さん！　千華《ちか》はどう思った？　どんな印象だった？」

「……あー、そうだなー」

と、二斗《にと》は視線を落とすとどこかぼんやりした声で、

「うん……いい人だと思ったよ。しっかりしてるし、優しいし……」

——ずっと、こんな感じだった。

生配信の連絡があってから、二斗《にと》はそっちで頭がいっぱいなのか。何かを話しかけても上の

空で、返答もぼんやりしていて、五十嵐《いがらし》さんの話にも薄いリアクションしかしていない。

そして——、

「……もう……」

——さすがに、不満そうだった。

これまで散々二斗《にと》に依存し、甘々《あまあま》の対応をしていた五十嵐《いがらし》さんも、呆《あき》れた表情だった。

そんな二人のやりとりに——俺は一人、冷や汗をかく。

配信ライブの日にするという、大げんか。

そんな未来のイベントに、少しずつ近づき始めている感触——。

「……い、五十嵐《いがらし》さんはどうだったんだよ！」

それを振り払いたくて。

ぎくしゃくした空気を変えたくて、俺は五十嵐《いがらし》さんに尋ね返す。

「あんなイケメンに告られたら、うれしいんじゃないの？　返事、今のところどうするつもりなんだよ！」

「あー、ねー……」

五十嵐《いがらし》さんは、むんと腕を組み眉間にしわを寄せる。

「そりゃうれしいよ。あんだけいい人に好きだって言われたら。わたしも、別にあの人嫌いじゃないし……」

「へえ、やっぱそうなんだ」

「あと、優しさがやっぱすごいよね。なんていうんだろ……恵まれた環境で、ハイスペックに育ったからできる優しさっていうか。なんか、坂本《さかもと》の優しさとは違う感じで……」

「あー……」

と、俺は一瞬その考えに納得しつつ、

「……っておい！　それ俺をロースペって言ってねえか!?」

さらっと俺へのディスを差し込んだよね!?

あんまり自然すぎて一瞬突っ込みが遅れたけど、俺さりげなく貶《けな》されたよね!?

「……そう言いたいわけじゃないよ」

意外にも、けれど五十嵐《いがらし》さんは真面目な顔で俺を見ている。

「別に、ロースペだとも思わないし」

「じゃあ……どういうことだよ？」

「……坂本《さかもと》の優しさの方が」

一瞬の間を置いてから、五十嵐《いがらし》さんは答える。

「わたしには……なんかしっくりくるってこと」

「……ふうん」

……そう言ってもらえるのは、うれしくなくもない。

優しいと思ってもらえているのもちょっと意外だ。

ただ、それって――と俺は思う。

俺の方がしっくりくるなら。つまり、五十嵐《いがらし》さんは――。

……三津屋《みつや》さんが、しっくりきていないってことなんだろうか。

＊

『――久しぶりだね』

そんなメッセージがｍｉｎａｓｅさんから来たのは、デートの数日後の夜中のことだった。

水瀬《みなせ》『元気にしてた？』

巡《めぐり》『ええ、元気ですよ！』

巡《めぐり》『健康なのだけが取り柄なんで！』

水瀬《みなせ》『ふふ、ならよかった』

――ｍｉｎａｓｅさん。

二斗《にと》の所属事務所を作った女子大生で、彼女のマネージャー兼パートナー、みたいな存在だ。俺も一度会ったことがあって、顔見知りという間柄。

水瀬《みなせ》『ちょっと今日は、坂本《さかもと》くんに聞きたいことがあってね』

どうやら彼女は、最近の二斗《にと》の学校での様子が気になってメールしてきたらしい。
『二斗《にと》さんに変わったことはないか』『普通に生活は送れているか』なんて尋ねてきた。
俺はベッドに寝そべりながら、基本的にはいつも通りであること。ただ最近、少し音楽面で追い詰められているように見えるかも、と伝えたところ、

水瀬《みなせ》『やっぱり。。。』

とｍｉｎａｓｅさんから返ってくる。

水瀬《みなせ》『最近ね、ちょっとリハとかしてても気になることがあって』
水瀬《みなせ》『昨日もあの子、こんな感じだったの。。。』

そんなメッセージとともに、動画ファイルが送られてきた。

「何だろ、これ……」

何の気なしに、再生してみる。

表示されたのは——どこかの貸しスタジオらしい、電子ピアノの置かれた部屋にいる二斗《にと》の映像だった。

ピアノを弾き、マイクに向かって歌う彼女。

その表情は、時折見かけるミュージシャンのｎｉｔｏで。

普段とは違う怜悧《れいり》で冷徹な表情で、一瞬ぞくりとするのだけど——、

『——ああもう!!』

——画面の中。

叫ぶように言って——彼女は演奏を乱雑に止める。

『ここが……ここが全然！』

そして、直前まで弾いていたピアノのフレーズ。

それを苛立《いらだ》ちも露《あら》わに叩《たた》くように繰り返して、

『ダメ。あー、きれいに移れない！』

演奏に納得がいかないらしい、ガシガシと髪をかく二斗《にと》。

すでに乱れかけていたロングヘアーがあっという間にぼさぼさになる。

『……大丈夫だと、思ったけど』

画角の外から、ｍｉｎａｓｅさんのそんな声が聞こえた。

『ここで聴いてる分には、問題なさそうだったよ……？』

酷《ひど》く心配そうな、二斗《にと》を気づかう声。

俺も全く同感だった。二斗《にと》が酷《ひど》く苛立《いらだ》っている箇所。その演奏に、どういう問題があるのかさっぱりわからなかった。

むしろ、気合いの入ったかっこいい演奏に聴こえてたんだけど……。

けれど二斗《にと》は、

『ダメです、話にならないです』

彼女をちらりと見ることもなく、それだけ答える。

『もっかいいきます』

そして、大きく息を吸ってから——もう一度曲を弾き始める。

さっきよりも指に力のこもった、鬼気迫る演奏。

俺には、完璧にしか思えないピアノのフレーズと、二斗《にと》の歌声。

なのにそれさえも、

『——あー違う！　全然違う！』

二斗《にと》は叫んで、中断してしまう。

『なんでここ……こんな。難しくもないのに……』

そのまま彼女はうつむき、こぶしでひざを何度も叩《たた》く──。

──そこで、動画が終了して。スマホの再生画面が切り替わり、ｍｉｎａｓｅさんとのメッセージのやりとりが戻ってきて──。

──ショックを受けていた。

俺は、画面の向こうの二斗《にと》に、はっきりと衝撃を覚えていた。

初めて目の当《まあ》たりにした、ミュージシャンとしての彼女の葛藤。

その感情の、あられもない発露──。

すごいと思う、尊敬もする。本当に、彼女はすごい子なんだと改めて思う。

そして──怖いとさえ思った。

音楽に、そこまで集中して全てを捧《ささ》げる二斗《にと》。

人間としてのあり方を逸脱して見えるようなその姿を、俺は怖いとさえ感じていた……。

巡《めぐり》『すごいですね、あいつ』

そんな風にだけ、短く返信する。

その素っ気なさに、俺の気持ちを察したのか、水瀬《みなせ》『一度、また会えないかしら』

ｍｉｎａｓｅさんは、そんなメッセージを追加で送ってきた。

水瀬《みなせ》『また、三人でお話できないかな？』

第四話 chapter4

【イフ・ユー・リアリー・ラブ・ミー】

「――え、二斗《にと》引っ越すの⁉」

「――え、坂本《さかもと》くんに話してなかったの⁉」

――連鎖した。

繁華街にある喫茶店で、俺とminaseさんの大声が連鎖した。

周囲の客が、驚いた顔でこちらを見る。やべ、うっかりお店にご迷惑を……。

すいません……！　でもちょっと今この場で、とんでもないことが発覚しつつあるんすよ！

「……あれ、言ってなかったっけ？」

テーブルを挟んで反対に座る二斗《にと》は、怪訝《けげん》そうな顔でカップをテーブルに置く。

「確かに、忘れてたかも。配信ライブの内容とか環境とか、最近考えること多かったから……」

「……お前、マジかあ」

思わず、深く息を吐き出した。

「そんな大事なこと、忘れるのかよ……」

本当に……最近こういうところがあるんだよな。

音楽の方に夢中で、当たり前のように他がすっぽ抜けちゃうこと……。

minaseさんも、さすがにこれには驚いたようで、

「……そりゃ確かに、寮の運営は前倒しになったけど」

彼女はふうと息を吐き、背もたれに体重を預けた。

「最近リハもあって大変だったけど。彼氏に言う余裕もないくらいなら、スケジュール相談してくれればよかったのに……」

二斗《にと》のリハ動画を見た次の週。

放課後、約束通りminaseさんと会うため、俺たちは喫茶店を訪れていた。

最近のminaseさんはインテグレート・マグを法人化したこと、二斗《にと》のバズと所属クリエイターの追加を経て大忙し。マネジメント業から事務所運営から外部との打ち合わせまで目の回るような毎日で……ついにスタッフの増員をしたらしい。

おかげで少し時間に余裕ができて、こうして所属メンバーと雑談することもできるようになったそうだ。

なお……minaseさんはすでに俺たちが付き合っているのを知っている。

どうやらこの人恋バナが好きっぽいし、今日だってその辺のこともちょっと話したかったのかもしれない。

ただ――それ以前に。

そういう雑談以前に、話すべきことが見つかってしまった。

「えっとじゃあ……坂本《さかもと》くんには改めて、わたしから説明するね」

言って、minaseさんがこちらを向く。

そう——二斗《にと》の、引っ越しの話だ。

「インテグレート・マグは、この間のｎｉｔｏさんのバズのおかげで一気に規模が拡大したの。注目も集まって、出資してくれる人も増えて。法人化は前々から進めていたんだけど、このタイミングでそれも実現しました」

「ええ、ですよね……」

その流れは、俺もこれまで見てきた通りだ。

ｎｉｔｏとインテグレート・マグの大躍進。

ちなみに二斗《にと》によると、ここまで規模拡大のテンポが速いのは、繰り返してきたループの中でも初めてのことらしい。確かに俺の記憶を遡ってみても、一年の一学期段階ではここまで話は大きくなっていなかった気がする。

「そこで、所属メンバーも増えて、今はシンガー、配信者、声優の三人が所属している状態だね」

すでにその三人も、所属が発表となり活動を開始している。

配信者は、若いリスナーに人気の恋愛相談系女性配信者。

声優は、俺も元々知っている若手人気声優だ。

どちらもインテグレート・マグへの所属は話題になり、注目も集まっている。

「で……問題になったのは、自宅環境で」

ｍｉｎａｓｅさんは話を続ける。

「ｎｉｔｏさんと配信者のサキちゃんは、今後も自宅で動画を撮ったり配信をしたりすることが必要になるでしょう？　その場合大事なのはネット回線とセキュリティ、それから防音なんだけど、二人とも今の自宅にちょっと不安があって……」

「ああ、まあそりゃそうですよね……」

二人とも、まさかここまで急に活動の規模が拡大するなんて思っていなかっただろう。回線にしろセキュリティにしろ防音にしろ、プロ仕様の家に住んでいる可能性はほぼないはず。

それに——今月下旬に予定している配信ライブ。

先日されたその告知が今ネットで話題になって、大きな期待を集めているところだった。

きっとこの雰囲気だと、同時接続数は少なくとも一万越え。人気の配信者のライブと同じくらいの数になるだろう。

だとしたら……中途半端《ちゆうとはんぱ》なクオリティにはできないわけで。

そんなときに、回線や防音がネックになる、なんてことはなんとしても避けたい。

「だから可能であれば、そして本人も希望するようであれば、今後の活動に適した家に引っ越してもらいたいと考えてね。色々相談して……インテグレート・マグで、寮を用意することにしたの。回線もセキュリティも防音も十分なマンションを」

「なるほど、それで……」

と、俺はふうと息を吐き出し、

「二斗《にと》は、その寮に引っ越すことになった。それも——二週間後に、ってことですか」

——そう二週間後。

あと十日と少しで、なんと二斗《にと》は荻窪《おぎくぼ》を出ていってしまう。

俺たちの生まれ育った街を出て、都心に近い寮に住むことになってしまうのだ。

……もちろん、事情はわかった。

ｍｉｎａｓｅさんの話を聞いて、そうする必要があることはよくわかった。

実際その引っ越しの数日後に、配信ライブというスケジュールらしいし。そこは納得です。

でも——、

「——いや急すぎだろ！　ビビるわ！」

思わず、もう一度デカい声が出てしまう。

「さすがに、一ヵ月くらい前には知りたかったわ！　そんな大事なこと！」

一応、俺は二斗《にと》の彼氏のはずだ。

その彼女が引っ越すのをこんなギリギリで知るなんて、なかなかにショッキングだ。

いやまあ、本当に切羽詰まってるんだろうけど。あんなリハをやるほど集中してたわけだし、
余裕もないんだろうし、俺を蔑《ないがし》ろにしていたわけでもないんだろうけどさ……。

「んー、ごめん……」

さすがに反省したらしい、二斗《にと》は申し訳なさげに肩をすぼめる。
「色々考えなきゃいけなくて、話すの遅くなった……」
彼女のそのセリフに、俺はそれ以上言葉を継げなくなる。
――以前、二斗《にと》は言っていた。
音楽を始めたことで「ああ、生きていける」と感じたということを。
それまでぼんやりと苦しかった生活に、音楽が光をくれたということを。
そして、はっきりとではないけれど、俺は最近予感しつつある。
二斗《にと》は絶対に捨てられない音楽と、生活の狭間《はざま》で苦しんでいるんじゃないだろうか。
そしてその結果――何度もループをすることになったんじゃないのか。
……明白な根拠があるわけじゃない。
ただ、最近の二斗《にと》を見ていて、いつしか俺はそう思うようになった。
だとしたら――あまり今回のことを責めるのも、酷なのかも。
本人もマジで悪気はないし、あんまり言わないでやる方がいいのかもなあ……。
だから――、
「……ち、ちなみに」
もう一つ気になっていたことを。
引っ越しとなれば、最重要であろうことを二斗《にと》に尋ねる――。

「その……学校は………どうするんだよ？」

──そう、それが問題だ。大問題だ。

都心の家に住むなら、学校はどうするのか。

これまで通り天沼《あまぬま》高校に通うのか──あるいは、転校しちゃうのか。

「これからも、俺たち同じ学校でいられるのかよ……」

一度目の高校生活では、二斗《にと》は天沼《あまぬま》高校に籍を残していた。

ただ、活動が忙しくてほとんど出席はしていなかったし、学校で顔を合わせることもほとんどなくなっていた。

そして──今回は色々と状況が変わっている。

だとしたら、何か二斗《にと》の気が変わって、転校しちゃう可能性もあるんじゃないか……。

天沼《あまぬま》高校から、いなくなっちゃうんじゃないか……。

そんな不安を、さっきからそこはかとなく感じていたのだ。

けれど、

「──ああ、それは大丈夫！」

あっさりそう言って、二斗《にと》は俺に笑ってみせる。

「転校しないよ！　天沼《あまぬま》高校のまま！」

「そ、そうか……」

思わず、どはあと息を吐き出した。

「なら、よかった……離れ離れかと思った……」

「さ、さすがに彼氏置いて転校はしないよ！　わたしも、離れたくないもん！」

「はは、そうか……なら、いいんだけど……」

マジでほっとした……。

いや、今の二斗《にと》ならありえるような気がしたんだよな。

うっかり転校の手続きしちゃった！　みたいなやつ……。

さすがにそこまでじゃなかったなら、まあ、うん。いいか。俺としては、許容範囲内だ。

「……そうだ」

と、俺たちのやりとりを見ていたｍｉｎａｓｅさんが、ふいに声を上げる。

「実はね、わたしこれから寮の様子を見に行こうと思ってて。ちょうど今日、サキちゃんが入居するの。そのお手伝いとご挨拶に……」

「あ、ああ。そうなんですか……」

サキ……最近インテグレート・マグに所属した、配信者の子だな。

恋愛相談系の配信をしていて、俺も試しにいくつか聴いてみたりもした。

……そういえば、ｍｉｎａｓｅさん恋バナが好きだし、ああいう配信も好きそうだな。

なんて、一人で納得していると、

「――二人も、見に来ない？」

ｍｉｎａｓｅさんが、なんだかわくわくした表情でそう言った。

「サキちゃんに挨拶しつつ――寮に見学に行かない？」

＊

「――ほえ～、立派な建物……」

一言で言えば――最新、だろうか。

「すげえな、二斗《にと》……こんなところに住むんだ」

都心駅から徒歩十五分ほど。

繁華街から住宅街に切り替わる境目辺りに、そのマンションはあった。

新築とまではいかないけれど、築浅なのがはっきりわかるお洒落《しゃれ》な五階建て。

デザインは今風でお洒落《しゃれ》で、エントランスは厳重なセキュリティで、

「家賃……めちゃくちゃ高そう」

「事務所との折半だから、そこまでにはならないよ」

小さく笑いながら、ｍｉｎａｓｅさんはエントランスに向かう。

「普通のワンルームに住むのとそう変わらない負担で、メンバーには住んでもらえるようにし

たの」

「へぇえ……」

「サキちゃん、もう来てるみたいですね」

敷地《しきち》の前に停《と》めてある引っ越し会社のトラックを見ながら、二斗《にと》はうれしそうに言った。

「あの子、どんなお部屋にするんだろう……」

「じゃあ、まずはそっちを見に行きましょうか」

言いながら、ｍｉｎａｓｅさんは鞄《かばん》から鍵を取り出した、

「きっとそろそろ、荷物の搬入も終わってると思うから──」


「──サキちゃーん、久しぶり！」

「……そんなに久しぶりじゃなくないですか？」

そして──お邪魔した、配信者サキさんのお部屋。

段ボールや家具家電が搬入されたばかりのその玄関で、

「先週も会ったじゃないですか、ここの説明受けるとき」

「そうだけどさー。ていうか敬語やめてよ、年齢はサキちゃんの方が上なんだから！」

「いえ、そうは言っても二斗《にと》先輩は事務所の先輩なので……その辺はしっかりしないと」

二斗《にと》と事務所メンバーの配信者、サキは親しげにそんな話をしていた。

どうやら、すでに顔見知りらしい。

二斗《にと》はクラスで見るずぼらモードの二斗《にと》で、ずいぶんとサキさんが気に入っている様子で彼女の手を取っていた。

対するサキさんは、ちょっとまだ心に壁があるのか。クールな表情で二斗《にと》を見上げている。

低い背に黒髪のショートヘアー。猫みたいな目に、大人びて整った顔。

オーバーサイズのフーディが、そのサブカルっぽい見た目によく似合っている。

へえ……。この人が、二斗《にと》のインテグレート・マグでの同僚、ってことになるのか。

確かになんか、独特のオーラがあるように見えなくもない。

「……ところで二斗《にと》先輩、そっちの男性は？」

「ああ、彼氏だよー！」

俺の方を見て首をかしげるサキに、二斗《にと》はあっさりそう答えた。

「ちょっと今日は、彼氏が寮の部屋見たいって言ってて……」

「なるほど……」

「……っす。坂本《さかもと》です」

どういうテンションでいけばいいのかわからず。俺は万能言語「っす」と会釈《えしゃく》で、サキさんに小さく挨拶した。

「……どうも、配信者の御簾納《みすの》咲《さき》です」

「二斗《にと》が、お世話になってます……」

「いいえ、こちらこそ……」

　繰り広げられる、ぎくしゃくした会話。

　……んーこれはサキさん、さてはどっちかっていうと俺タイプだな！

　コミュニケーション苦手な、内向きタイプだな！

　なんとなく、配信者っていうからコミュ強《きょう》を想像していたけど、この感じは親近感だ。仲間意識を覚えてしまう。

「ていうか荷物いっぱいだねー」

　そんなサキさんに、二斗《にと》は部屋の中を覗《のぞ》き込み、

「機材とかもあるだろうし、このあと大変そう」

「ああ、なので実はこのあと、わたしの彼氏と妹さんが手伝いに来てくれる予定なんです」

「だよね、一人じゃ無理だよねー」

「数日がかりかもですね、活動できるようになるまでは。ネット回線も、問題なく繋《つな》がるといいんですけど……」

「……じゃあちょっと、それまでサキさんとわたしは寮の話をしましょうか」

　ｍｉｎａｓｅさんがそう言って、サキさんに笑いかける。

「今後のスケジュールについても相談したいし」

「はい、お願いします」

そうだ、元々その予定だったんだな。

ｍｉｎａｓｅさんが、この寮についてや諸々を、サキさんと話すっていう。

「だからその間――」

と、彼女は鞄《かばん》からもう一つの鍵を差し出しこちらを向くと、

「ｎｉｔｏさんは部屋、隣だから。よければ二人で、中を見ててね――」


「――へー、豪華！」

ｍｉｎａｓｅさんに言われた通り、隣の部屋にお邪魔し。

その内部を拝見しながら――俺は感嘆の声を漏らしていた。

丁寧にクリーニングされた、最新設備の内装。キッチンも水回りもピカピカで、食洗機があったり浴室乾燥機があったりと、俺の実家よりもあからさまにハイグレードだ。

あとなんか……新築っぽい匂いがする。

いや、新築ではないからクリーニング済みの匂いなのか？

なんか、独特の匂いがしてそのことにも若干テンションが上がってしまう。

さらに、

「防音もすげえな！」

キッチンの隣にある、リビング。

その防音設備に、俺は素で驚いてしまう。

「扉も窓も、普通のやつと違う……！」

分厚かったり重かったり二重だったり。ぱっと見は普通の内装にも見えるけれど、一つ一つが音の漏れにくいものになっているらしい。

はー……これは確かに、実家じゃ無理だな。

普通の家で、こんな内装にするのはさすがに不可能だ……。

そして、

「……すげえな、こんなとこで一人暮らしするのか」

そんな事実にも、俺はなんだかぼんやりしてしまう。

いつか俺も、実家を出て一人で生活してみたいと思っていた。

親の目の届かない、俺だけのお城。

そんな場所で暮らすことができれば、どれだけ楽しいだろうと思っていた。

けど……そうか、二斗《にと》はもうあと十日足らずで。夏休みに入る前にそんな生活を手に入れる。

ずいぶんと、先に行かれちゃった気分だな……。

……まあ、二斗《にと》のことだからすぐ汚すんだろうけど。

今の家みたいに、あっという間に洗濯物の散らかったお部屋にしちゃうんだろうけど……。

「ていうかねー、ここ本当に音漏れしなくて！」

と、二斗《にと》は自慢げに腰に手を当て、

「この間来たとき、試しにこの中で大騒ぎしてみたんだけど、キッチンにいたｍｉｎａｓｅさんには全然聞こえなかったみたいなの！」

「すげえな！　すげえけど何やってんだよ、せっかくの新居で」

思わず、笑い出しながらそう言ってしまう。

「やりたくなる気持ちはわかるけどさ、大騒ぎて」

「実際、他に住んでるのも音楽家とか、音を仕事にしてる人たちなんだって。でほら、外に声が聞こえない、ってなると……」

二斗《にと》はそう言って――ニヤリと笑う。

そして、すすす、とこちらに身を寄せ俺に密着。

耳元に口を寄せ、囁《ささや》くような声で――、

「……今から何しても、隣のｍｉｎａｓｅさんたちには聞こえないよ……」

「……はあ⁉」

「しちゃおっか……？　音の出ちゃうこと……」

「ちょっ、何言ってんだよ！」

慌てて飛びすさりながら、耳に手をやった。

まだそこに残っている、二斗《にと》の吐息の感触。そして、かすれた声色の甘さ！

何だよ今の威力。リアルASMRかよ！

「ていうか……しちゃおっかって、何をだよ⁉」

心臓バクバクのまま、俺は異議申し立てをする。

「何のつもりだよ一体！」

「えー、それ言わせるの……？」

二斗《にと》はそう言って、挑発的な笑みを浮かべ、

「だって、彼氏彼女で二人っきりだもん。そりゃ、することは一つでしょ……」

「一つって……まだ、実際に住んでるわけでもないし、そういうのはよくねえだろ！」

「でももうインテグレート・マグが借り上げてるから、実際は問題ないはずだよ」

「いやでも……なんか、よくねえし。こういうところで、流れでってのはよくねえし……」

「えー、わたし、巡《めぐり》もてっきりその気だと思ってたのに」

ふふふ、と、蠱惑《こわく》的に笑う二斗《にと》。

「その覚悟で、今日ここに来てたんだけどなー……」

「いやそれはウソだろ！　この部屋で二人っきりになったの、偶然の流れじゃねえか！」

「そうだっけー？」

わかんなーい、みたいな顔で首をかしげ、くすくす笑っている二斗《にと》。

ああもう……またからかわれた。こんなことして何が楽しいんだよ……。

人をどぎまぎさせて遊ぶなんて、良《い》い趣味をお持ちだなこいつは……。

五十嵐《いがらし》さんや六曜《ろくよう》先輩に聞かれたら、結構マジでどん引きされるぞ……。

……と、そんなことを考えていて。

「……そういえば」

そこで——ふと思い付いた。

この引っ越しの件。もうすぐ荻窪《おぎくぼ》を離れてしまうこと。

「二斗《にと》……五十嵐《いがらし》さんには、話したのか？　引っ越しの件、五十嵐《いがらし》さんに言ったのか……？」

「……あー」

その言葉に——二斗《にと》の顔から笑みがすっと消える。

それまでの楽しげな雰囲気が霧散して、あちゃーという表情になる。

「……言ってない」

気まずげに、いたずらの自白でもするみたいに、二斗《にと》は俺に言った。

「まだ、説明してなかった」

「……だよなあ」

そういうことになるだろうな。

俺に言いそびれていたのも、マジでうっかりって感じだったんだ。

当然五十嵐《いがらし》さんにも言っていないだろう。

「それは……ちゃんと話した方がいいな」

俺は、諭すように彼女に言う。

「親友で、幼なじみなんだろ？　家だって近いんだし……そういうのは、ちゃんと言わなきゃダメだ」

──正直、揉《も》める予感がしている。

五十嵐《いがらし》さんが、大いにお怒りになる予感がしている。

だって彼女は──二斗《にと》との距離を大事にしていたんだ。

すぐそばにいられる、特別な親友。

何かあったらすぐ駆けつけられる近さにいられることを、うれしく思っていた。

なのに、それがあっさり失われるなんて。

自分に何の説明も相談もせず、ぞんざいになくされてしまうなんて。

そんなの、五十嵐《いがらし》さんじゃなくて俺でも納得いかない。抗議するに決まっているし、けんかにもなるだろう。

だから、

「それは……五十嵐《いがらし》さんに、しっかり話してくれ」

二斗《にと》の目を見て、俺ははっきりと言う。

「大事なことだから、ちゃんと明日、自分から伝えるように」

「……わかりました」

さすがに罪悪感があるらしい。二斗《にと》はこくこくとうなずいて言った。

「自分から、話します……」

……こんな二斗《にと》の表情は、初めて見るな。

リアル反省というか、神妙というか……。

本人としても、こういうのがまずいという自覚があるんだろう。

いつものように軽口を叩《たた》くこともなく、床に視線を落としておらしくしている。

「……ん……」

……そう考えると、こっちもちょっと、キツい言い方しすぎたかもしれんな。

普段あんまり人を叱ったりしないから、正直加減がわからない。

これ……やりすぎたか？

考えてみれば、二斗《にと》は二斗《にと》で必死で生きているだけなところもあるんだ。

何度もループして、高校生活をやり直して。楽しいことを何度もやり直せる分、苦しいことも
もやり直しになるわけで。しかも二斗《にと》の場合——ミュージシャンとして人気になるなんていう、

死ぬほど高いハードルが課せられてるんだ。

そんな彼女を追い込むなんて、さすがにやりすぎだったか……？

「……あの、二斗《にと》」

今さらだけど、フォローしよう。

そう思って、口を開いたけれど、

「俺もその……なんというか……言いたいのは——」

「——お邪魔しま……」

——ドアが開いた。

唐突に、俺たちのいるリビングのドアが開いて——ｍｉｎａｓｅさんが顔を出した。

「……あ！　ごめんなさい！」

俺たちの空気が重いのに気付いたのか、彼女は慌てた顔になる。

「ちょっと様子を見に来たんだけど、その……」

……しまった、ちょっと嫌なところを見られたな。

揉《も》めてるところというか、気まずいシーンというか。

あんまりこの人に、二斗《にと》のこういうところは見せるべきじゃなかった気がする。

つうか、いつの間に入ってきてたんだ。防音設備のせいで、全然音聞こえなかった……。

どうしよ、ここからどうやって雰囲気立て直そう……。

なんて、一人で焦《あせ》っていると――、

「……あ、あの」

なぜかminaseさんが。ドアの隙間から顔を覗《のぞ》かせた彼女が、おずおずと尋ねてくる。

「もしかして……けんか？」

見れば――その顔は、酷《ひど》く興味津々《きょうみしんしん》。

うれしそうな、輝く目で俺たちを見ていて――、

「痴話げんか……しちゃってる感じ……？」

――そうだった！　この人、こう見えて恋バナ大好き！

こういうのにテンション上がっちゃうタイプだった！

「……ああいや！　そうじゃなくてですね！」

凹《へこ》んでいるであろう二斗《にと》の代わりに、俺は慌てて申し開きを始める。

「なんかこう、色々友達関係であって、その話をしてただけで……」

「え！　友達って……！」

minaseさんは、なぜかそのフレーズに一層目を光らせると、

「もしかして……略奪されそうになったとか？」

「違いますって！」

「じゃあ……三角関係⁉」

「だからそういうのじゃないですって！」

そう叫ぶ声も、この部屋の防音技術によって見事に掻《か》き消《け》され。あまり反響せず、溶けて消えていったのでした——。

……今後も、ｍｉｎａｓｅさんの「恋バナ大好き」モードには警戒せねばならんな。

＊

「——よう」

「ああ」

翌日。教室から天文同好会の部室へ向かう途中。廊下でばったり五十嵐《いがらし》さんに会った。

どちらからともなく、並んで部室へ歩き出す。

ちなみに、二斗《にと》はクラス委員の仕事でちょっと居残り中だ。

少し遅れて部室に着くらしい。

「……そういや、三津屋《みつや》さんの件どうよ？」

「んー、まだ悩んでる」

尋ねると、五十嵐《いがらし》さんはため息をこぼし、

「早めに答え出したいんだけどね。でも、いつまででも待つよって、言ってくれてるから、甘えちゃってる」

「あー。まあ、本人がそう言うなら焦《あせ》ることないと思うけどな」

考えてみれば、こうしてしっかり話すのはダブルデートの日以来だ。

今日このあと二斗《にと》から例の話をすることもあって、俺は微量の緊張感を覚えてしまう。

「……ちなみに、どういうところで悩んでんの？」

もう一歩、俺は彼女に踏み込んでみた。

「なんか、気になるところがある感じ？」

「や、そういうわけじゃないよ」

五十嵐《いがらし》さんは軽く首を振る。

「むしろ、スペックとかそういうのは、文句のつけようもないと思う。イケメンだし、優しいし、わたしのこと本当に好きっぽいし」

「それは、うん。そうだよな」

そのことは、俺もはっきり彼女の言う通りだと思う。

三津屋《みつや》さん、ハイスペな上に共感できるところもあっていい人で。『彼氏』として考えれば、非の打ち所がない男性だと思う。

ただ、

「……でもなー。うーん……」

五十嵐《いがらし》さんは、未《いま》だに気持ちを決めきれない様子だ。

「なんかなあ、んん……」

……ふむ。

つまりこれは、ピンと来ていないいんだろう。

条件だけ見れば悪くはない。けれど——決して今の段階で、とても良《い》いとは感じていない。

少なくとも、恋はしていない。きっとそういう状況だ。

……となるとまあ、悩んじゃうよな。

もちろん、今くらいの感じでも付き合っちゃうのはありだと思う。

悪い印象がないなら、とりあえず恋人同士になってみて、気持ちが育つのを待つのもありだろう。三津屋《みつや》さん推しの俺としても、それをお薦めしたいところではある。

……けど、五十嵐《いがらし》さんはそういうタイプじゃなさそうだよな。

こだわりが強いし、好きなものには一直線な感じがあるし。

ちゃんと恋をした相手と付き合う方が、この子には合ってそうな気がする。

まあ、俺も恋愛経験ないし、そんなに確かなことは言えないんだけど……。

なのに、

「——言うて、付き合うと思うけどね」

部室のそば。階段を上りながら、五十嵐《いがらし》さんはそんなことを言う。

「あーだこーだ言って悩んでるけど、どっかで区切りをつけて付き合うことになると思う」

「……え。マジで？」

「うん。その方がいいでしょ」

――予想外だった。

五十嵐《いがらし》さんが、そんな風に考えているのは完全に予想外だった。

区切り？　そういう感じで、付き合っちゃっていいの？

それに……その方がいい？　なんだか、その言い方も引っかかる。

この子は、そういう理由で彼氏を作るタイプだっただろうか。

「……何よ」

黙っている俺を、五十嵐《いがらし》さんがちょっと不満げに振り返る。

「坂本《さかもと》は、あんまり賛成できない？」

「あ、いや……そういうわけじゃなくて」

しまった、気持ちが顔に出すぎていたらしい。

俺は慌てて首を振ってみせると、

「なんとなく……意外だったから。五十嵐《いがらし》さんが、そういう理由でその……誰かと付き合う、っていうのが」

「……そう？」

「うん。なんかもうちょっと……潔癖っていうか。理想主義なとこが、ありそうな気がしてたし……」

「あはは、理想主義か……」

そこで五十嵐《いがらし》さんは――ふいに笑い声を上げる。

本当に楽しそうな、久しぶりに素でうれしそうなその表情。

「確かにそうなのかも。あんまり、計算とか打算とかで動くタイプではなかったかもね」

……だよな。

打算で動けるタイプだったら、そもそもあんなに二斗《にと》に執着しないわけで……。

「……じゃあ、なんで今回は？」

「んー……」

言い合っているうちに、俺たちは階段を上りきる。

部室は廊下の向こう、もうすぐそこに見えている。

「わたしもこのままじゃ、いられないからね」

そして――五十嵐《いがらし》さんは、寂しそうにそう言った。

「何にもない今のままでいても。夢中になれない自分でいても、置いてかれちゃうだけだし」

「……置いてかれるって、何にだよ？」

「そうだなあ……」

考える顔で、五十嵐《いがらし》さんは部室の前に立つ。

そして、その扉に手をかけながら——小さく笑って、俺にこう答えた。

「……時間の流れ？」

＊

「……あの、大事なお話がありまして」

珍しく、二斗《にと》の声が緊張していた。

「あの、萌寧《もね》と六曜《ろくよう》先輩に、聞いてもらいたいんですけど……」

部室に部員全員が集まって、しばらく。

そろそろ動画作成に入りつつ、今後の活動について考えていこうか、なんて空気になったタイミングのことだった。

「ん、どした？」

「えーなになに、改まって」

珍しい展開に、六曜《ろくよう》先輩と五十嵐《いがらし》さんが顔を上げる。

「いやー、実は……報告することがありまして」

そう前置きすると、二斗《にと》は顔を小さくこわばらせて。

恐る恐る、と言った口調で二人に切り出した。

「あの……わたし、都心の方に。事務所の寮に、引っ越すことになりました」

「おい、マジか」

まず声を上げたのは、六曜《ろくよう》先輩だった。

「都心ってことは、杉並区《すぎなみく》外だろ？　もしかして、転校すんの？」

「いや、学校は天沼《あまぬま》高校のままで……」

「そっかそっか、ならよかった」

六曜《ろくよう》先輩は、ほっとした様子で胸をなで下ろす。

「これでまたメンバー抜けたりしたら、天文同好会も寂しくなるからな」

「……いつ頃？」

そして、五十嵐《いがらし》さんが質問を続ける。

「夏休みの間に準備して、二学期前のタイミングで、とか？」

そうだよな……普通はそう思うだろう。

七月上旬。今から引っ越しをするなら、それくらいの時期にするのが自然だ。

ただ――そんなことよりも、彼女の声色は冷静で。

六曜《ろくよう》先輩と比べても、驚いたようにも憤慨しているようにも見えなくて。

俺は、またそのことに違和感を覚える。

「……あーいや、それが割とすぐで」

そして、二斗《にと》はさらに気まずそうになり。

今日最大のポイントを——一番揉《も》めそうなことを、口に出す。

「二週間後……みたいな」

「おいすぐじゃねえか」

——六曜《ろくよう》先輩だった。

またしても、最初に声を上げたのは彼だった。

「二週間後？　ちょうど期末テスト終わった頃か？」

「ですね、そのくらいで……」

「そんな急に決まったのかよ？」

「ああ、いやあ、それが……」

と、二斗《にと》は酷《ひど》くもごもごと口ごもると、

「結構前から決まってたんですけど……言いそびれてて」

「あーマジかー」

六曜《ろくよう》先輩は、そう言って背もたれに体重を預ける。

「まあでも二斗《にと》、最近忙しそうだもんな」

……六曜《ろくよう》先輩は、こんな感じだろう。

二斗《にと》に執着しているわけでもないし、今のところ同好会の先輩後輩でしかない。

距離が離れようと別に関係性は変わらないし、その報告をされていなくても憤慨するような理由もない。

けれど——と、俺は五十嵐《いがらし》さんをちらりと見る。

二斗《にと》の親友だった五十嵐《いがらし》さん。

二斗《にと》のそばにいることを、大切にしていた五十嵐《いがらし》さん。

それをこんなにもぞんざいに、ふいにされてしまった彼女は……どう思うだろう。

傷ついたんじゃないか、怒るんじゃないか。

ここで例の、大げんかが起きてしまうんじゃないか……。

——そんな風に、身構えていたのに。

少なくとも——落ち込んだり悲しんだりはするだろうと、覚悟をしていたのに。

「——へえ、そっかー」

平坦《へいたん》だった。

五十嵐《いがらし》さんの反応は——思っていたよりもはるかに、フラットなものだった。

「大丈夫？　部屋の片付けとか終わってるの？」

「ああー、それが全然でさー」

言って、二斗《にと》は肩を落とす。

とほほ、みたいな顔をしているけれど、五十嵐《いがらし》さんがさほど怒っていないことにほっとしているのも垣間見《かいまみ》える。

「散らかりっぱなしでヤバいんだよー。早めになんとかしないと……」

「だったら、坂本《さかもと》にでも手伝ってもらえばいいんじゃない？」

「あ、いいね！　それでいこう！」

「いやお前ら！　勝手に俺を動員する空気にするなよ！」

反射的に突っ込みながらも——強烈な違和感を覚えていた。

五十嵐《いがらし》さんの様子がおかしい。

この反応が、彼女のただの本心だとはどうしても思えない……。

「えーお願い……他に頼れる人がいないの！」

「いやだとしても、男子にそういうのやらせるなよ……。女子の部屋なんだから。しかも、割と世間に知られてる女の子の……」

「えー何？　もしかして巡《めぐり》、下着とかの片付けもやらされちゃうとか思ったー？」

「そういうことじゃねえよ！」

言いながらも、ちらりと五十嵐《いがらし》さんの方を伺う。

薄い笑みを浮かべて、俺と二斗《にと》のやりとりを眺める五十嵐《いがらし》さん。

——本当に、何も思っていないんだろうか？

ずっと執着していた二斗《にと》が。姉妹みたいに育ってきた二斗《にと》が、離れていってしまう。

しかもそれを……自分に報告せずに。


……どうしても、そうは思えなかった。

＊

——その日の夜。五十嵐《いがらし》さんと二斗《にと》の家の近く。二人の思い出の公園で——、

「——初めてじゃない？　そっちが呼び出してくるなんて」

私服に着替え、ベンチに腰掛けていた五十嵐《いがらし》さんは、到着した俺に軽い笑みでそう言う。

「だな。ていうかごめん、遅い時間に」

「ううん、いいよ。どうせ家まで徒歩数十秒だし。なんとなく、話したいこともわかるし」

「……だよな」

隣に座りながら、俺はふっと息を吐く。

話したいのは——もちろん今日のことだ。

五十嵐《いがらし》さんの、本心を知りたい。

二斗《にと》にあんなことを言われて、本当はどう思ったのかを確かめたい。

けれど、

「それに、ちょうどよかったよ」

五十嵐《いがらし》さんは、そんな風に言葉を続ける。

「報告したいことあったし」

「報告?」

「付き合うことにした」

ぽろ、っと。

こぼすようなセリフだった。

「三津屋《みつや》さんと、付き合うことにした」

「……マジ、か」

「いやー、やっぱり迷ったんだけどさあ、向こうがすごく熱心で」

相変わらず、不自然に軽い声のまま。

どこか白々しい口調で、五十嵐《いがらし》さんは話を続ける。

「毎日好きって言ってくるし、絶対幸せにするって言ってくれるし、それは本心だと思うから」

「……それは、そうだろうな」

「だから、付き合ってみようかなって。フットサルも楽しいから、本気でやってみようと思ったし。うん。坂本《さかもと》のおかげだね」

そう言って、五十嵐《いがらし》さんは笑う。

顔の表面に、笑みの表情を張り付ける。

「見つかったよ、大切にしたいこと。夢中になれること。だからありがとう」

「……そっ、か……」

……確かに、表面的には五十嵐《いがらし》さんの言う通りなのかもしれない。

二斗《にと》への依存をやめるため、夢中になれるものを見つけたかった。

色々試してみた結果、やりたいことも見つかったし恋人もできた。

それは確かに——ハッピーエンドといえるはずだろう。

五十嵐《いがらし》さんはほしがっていたものを手に入れることができた。それは喜んでいいことのはずだし、俺も誇っていいことのはず。

——でも、なんで。

なんでこんなに——俺は違和感を覚えているんだ。

けれど、俺はその違和感を、はっきり言葉にすることができなくて、

「……それで、本当にいいのかよ？」

自然、そんなぼんやりした聞き方になる。

「五十嵐《いがらし》さんは……本当に、それで納得してるのか？　それが本当に、望んでた二斗《にと》との『新しい関係』なのかよ……」

——そうだ。『新しい関係』だ。

俺は——今の二人の関係が、決して良いものだと思えない。

二斗《にと》はもっと、五十嵐《いがらし》さんに気を配るべきだった。

五十嵐《いがらし》さんも、もっと二斗《にと》に真剣に向き合うよう求めるべきなんじゃないか。

この先にある関係は——ただ、ぼんやり二人の距離が遠ざかっただけの自然消滅。

救いでも何でもない結末なんじゃないか。

けれど、

「……んー、あのさ」

五十嵐《いがらし》さんの声は、一貫して落ち着いている。

「引っ越しの話を聞いて……千華《ちか》が荻窪《おぎくぼ》を出ちゃうのを聞いて、思ったんだよ。そのときが来たんだって」

「……そのとき？」

「そう、もう変わらなきゃいけないとき」

——変わらなきゃいけない。

五十嵐《いがらし》さんは……そう捉えたのか。

二斗《にと》が五十嵐《いがらし》さんへの報告をしなかったことに、憤慨するでもなく抗議するでもなく、どうしようもないことだと捉えた。

だからこそ——変わるべきは自分なんだと思った。

「みんな、前に進んでるからさあ……」

薄い笑みを浮かべて、ぼやくように五十嵐《いがらし》さんは言う。

「わたしも、そうしないとね。夢を見つけて、ちゃんとそれに向かわないと……」

——そうなんだろうか。

五十嵐《いがらし》さんも、こんな風に変わらないといけないんだろうか——。

俺にはわからなかった。これが本当に、ベストな結末なんだろうか。

……もちろん、常にベストな選択肢を採れるとは限らない。

妥協も諦めも必要なこともあるだろう。

けれど——今。本当にそうすべきときが、すでに来ているんだろうか……。

「……三津屋《みつや》さんには、もう言ったの？」

「うん、さっき通話して」

うなずくと、五十嵐《いがらし》さんはなぜか申し訳なさそうに笑って、

「いやー、めちゃくちゃ喜ばれたよ、びっくりした」

「……だろうなあ」

デートの日の、三津屋《みつや》さんの必死さを思い出す。そりゃうれしいだろうな。あれだけ本気でアプローチした女の子に、OKしてもらえるなんて。

「もー電話越しでも大騒ぎでさ、後半とかちょっと彼、泣いちゃって」

「あはは、あの人らしいな……」

「そこまで喜ばれると、わたしもさすがに悪い気はしないよ。だから……うん、よかったなって」

「……そっか」

「てことで……」

と、五十嵐《いがらし》さんはこちらに向き直り、

「改めてだけど、ありがとね」

「……おう」

「もしかしたら、三津屋《みつや》さんとのことでまたなんか相談するかもだけど。これからもよろしく」

「わかった」

はっきりと、うなずいたつもりだった。その態度で、二人の交際を祝福するつもりだった。

けれど、なぜか俺の声は小さくかすれてしまって。五十嵐《いがらし》さんに届いたかどうか、よくわからなかった。

第五話 chapter5

【はなればなれ】

「――だ、大丈夫か⁉　忘れ物はないか⁉」

「うん」

「向こうの部屋の鍵、ちゃんと持ったか⁉　ご近所に配るお菓子はあるか⁉」

「だから、大丈夫だって」

あっという間に時は過ぎ。

期末試験の勉強やら動画の制作、天体観測に明け暮れるうちに――七月下旬。

配信ライブの数日前、二斗《にと》の引っ越し当日を迎えていた。

「ああもう、心配だなあ……」

見送りに来た、ＪＲ荻窪駅《おぎくぼえき》前で。俺は酷《ひど》くそわそわしていた。

「なーんか忘れてそうなんだよな、不安だなあ……」

「なんで巡《めぐり》がそんなテンパってるの」

そんな様子が面白かったのか、二斗《にと》は不思議そうに笑っている。

「別に、自分が引っ越すわけでもないのに」

それは彼女のおっしゃる通りだ。

今日引っ越すのは二斗《にと》であって、俺がそこまで慌てる必要はない。

ただ……、

「なんか落ち着かないんだよ！」

心許《こころもと》ない気持ちのまま、俺は彼女に返す。

「トラブルありそうな気がするんだよなー、んー」

最近、ようやくわかってきた。

二斗《にと》は得意なことと苦手なことで、発揮される力が大きく変わってくる。

例えば、学校で優等生として振る舞うこと。具体的に言えば良い成績を取ることや、自分の言動を取り繕うことは得意だし、音楽も得意中の得意。スペックがめちゃくちゃ高いのも間違いない。

ただ、家の片付けや掃除、料理や洗濯など、生活の基本的なことはどちらかというと苦手らしい。今日ここにいたるまでの引っ越し準備でも、抜けてることが結構あって家族にフォローしてもらったそうだ。

そのうえ——ループのことで頭がいっぱいのときは。

やり直しに関わるプレッシャーに襲われているときは、追い詰められて突拍子もない行動に出てしまう。色々上手《うま》くやることに頭が完全に占有されて、他のことがおろそかになる。

そんな彼女が引っ越しをするんだ。

なんらかの手落ちがないとは思えないし、あったらあったで大混乱になりそうな予感がして仕方がない。ライブもすぐだしな。ここで事故ったらマジでやべえぞ……。

「まあ、なんかあっても俺らでフォローすればいいだろ」

同じく見送りにきた六曜《ろくよう》先輩は、そう言って俺に気楽に笑ってみせる。

「忘れ物がありゃ持ってきゃいいし、足りねえもんがあったら買ってきゃいいし、どんと構えて見送ってやろうぜ」

「……んん……そうっすけど」

確かに、何かミスがあっても、取り返しがつかないってことはないだろう。

今は、笑って彼女を見送ってやるべきなのかもしれない。

それでもどうしても安心はできなくて、俺は無限にそわそわしてしまう。

ちなみに——今日はこの場に、二斗《にと》のご家族もやってきている。

ご両親と、二斗《にと》本人とはあまり似ていないお姉さん。彼女自身が言っていたように、彼らは本当にごく普通の家族という感じで、俺もさっきご挨拶をさせていただいた。

「——ど、どうも……千華《ちか》さんの友達の、坂本《さかもと》です！」

「——ああ、君が坂本《さかもと》くん！　千華《ちか》からよく聞いてるよー」

「——おお、例の彼氏が君か！」

「——千華《ちか》がお世話になってます……」

その丁寧な物腰に、若干ビビっていた俺は心底ほっとした。

この二斗《にと》の家族だからな……何かしらぶっ飛んでいる可能性がある気がしていたんだ。

でも、言いながら俺とぺこぺこ頭を下げ合う彼らは見るからに常識人で、こんなご家庭に二《に》斗《と》が生まれた不思議を思った。

「……しかし」

と、六曜《ろくよう》先輩がスマホを見ながらつぶやく。

「萌寧《もね》遅《おせ》えな」

「……ですね」

彼の言う通りなのだった。

今日ここには、天文同好会のメンバー全員が見送りに来る予定になっている。

これでお別れ、ってわけじゃないけど、二斗《にと》の人生の大切な区切りなんだ。

それを、俺たちできちんと見届けたい。

なのに――五十嵐《いがらし》さんが来ないのだ。

「……集合時間、過ぎてますね。あの子、時間にはきっちりしてるタイプなのになあ……」

ずぼらなメンバーが多い中にあって、五十嵐《いがらし》さんはその辺の常識がしっかりしていた。

俺と色んな活動を試しに出かけたときも、待ち合わせに遅刻したことはなかったし、学校の提出物なんかも漏れなく期限内に出しているみたいだった。

なのに……そんな彼女が来ない。

しかも――二斗《にと》の引っ越しという、ビッグイベントの日に。

「……ちょっと、連絡してみます」

そう言って、俺はスマホを手に取りラインを起動。

「なんかちょっと、不安なんで……」

二斗《にと》の生配信の日まであと少し。

つまり、二斗《にと》と五十嵐《いがらし》さんの大げんかの日までも、あと数日――。

だとしたら、ここはちょっと慎重でありたい。彼女たちの間にトラブルが起きそうなら、事前に把握しておきたかった。

「今どこ？」と五十嵐《いがらし》さんにメッセージを送ると、しばらく間を空けて既読になる。

そして、

もね『ごめ』

と短く返信が来た。

もね『ちょっと遅れてる』
巡《めぐり》『（『大丈夫？』と尋ねる推しＶｔｕｂｅｒのスタンプ）』
もね『私は大丈夫』
もね『でもママが』

もね『ちょっと調子悪くて』

——ママ。

先日、俺も顔を合わせた萌寧《もね》ママだ。

五十嵐《いがらし》さんともずいぶん仲のいい様子だった、若々しい印象の彼女。

確かに、今日は萌寧《もね》ママも一緒に来るって言ってたけど……調子悪い？

巡《めぐり》『迎え行こうか』

もね『たぶん大丈夫』

もね『休憩しながらなら歩ける』

もね『あと数分で着くと思う』

……なるほど。

ならまあひとまず変に騒がず、待つことにするか。

俺はスマホをポケットにしまうと、二斗《にと》にやりとりの報告をしようとする。

——けれど、

「……うわ、マジか」

ちょうど——同じようにスマホを見ていた彼女。

誰かのメッセージを読んでいたらしい二斗《にと》が、そんな声を上げた。

「えー、どうしよ……うわー……」

「どうしたんだよ？」

動揺している彼女に、俺は尋ねる。

「もしかして、二斗《にと》も五十嵐《いがらし》さんとラインしてた？」

「や、そうじゃなくて……。サキちゃんから連絡来たんだけど……」

あれ……そうなのか。

てっきり、二斗《にと》にも俺と同じような連絡が行って、萌寧《もね》ママを心配してるのかと思ったんだけど……。

「サキさんが、なんて？」

「なんか、マンションのネット回線が最近おかしいらしくて……」

顔色をさらに曇らせ、二斗《にと》は言う。

「サキちゃんの昨日の夜の配信、ちゃんとできなかったんだって。業者呼んで回線見るかもしれないらしいんだけど……わたしの部屋も、同じかもって……」

「……おお、マジか」

「うん、なんか、ヤバいかも……」

確かに、それはなかなか心配なトラブルだな。

防音と回線の向上を求めて二斗《にと》は引っ越すわけで。そして、数日後には初の配信ライブが迫っているわけで。なのに回線が上手《うま》く機能しないんじゃ、本末転倒だ。

二斗《にと》がダブルデートの日、言っていたことを思い出す。

「——ここで失敗すると、すごくまずいんだよ」

「——インテグレート・マグが潰れる」

二斗《にと》のライブにとって、回線は命綱だ。

まだ二斗《にと》の部屋まで同じように不調かはわからないけれど……彼女からしてみれば不安だろう。案の定、二斗《にと》の表情はどんどん曇っていく。

そして、

「……わたし、ちょっともう行くね！」

——スマホから顔を上げ、二斗《にと》は皆の方を向いた。

「繋《つな》がらなかったらヤバいし、確認しないと……！」

はっきりと——二斗《にと》は焦《あせ》っていた。

このタイミングで知らされた回線の不調に、動揺してしまっていた。

表情には余裕がないし、冷静さを失いつつあるように見える。

彼女は荷物を肩にかけ、荻窪駅《おぎくぼえき》に向き直り——、

「――え、ちょ、ちょっと待ってくれよ！」

反射的に、声がうわずった。

「行ってもすぐにどうこうできるわけじゃないだろ⁉　だから、あとちょっとだけ待てないか？」

「んん、でも対処は早いほうが……」

「五十嵐《いがらし》さんが、もう少しで来るから！」

すがるように、俺は言う。

「今ちょっと、お母さんの調子悪くて遅れてるみたいだけど。もうすぐで来るらしいから……少しでいいから、待ってくれよ！」

――そうだ、今日は大切な日のはずなんだ。

親友だった二人の距離が空いてしまう日。二人の関係が、大きく変わる日。

だからこそ、五十嵐《いがらし》さんはちょっと無理してここに向かっている。

体調の悪いお母さんと、ゆっくり歩いてきているんだ。

せめて――顔を見てほしい。挨拶をしてほしいと思う。

それにそういうことが、きっと二人のけんかの回避にも繋《つな》がるはず――。

「――ごめん！　遅くなった！」

——声がした。

ちょうど、彼女のことを考えていたタイミングで——五十嵐《いがらし》さんの声がした。

「ママがちょっと、立ちくらみしちゃったみたいで……」

「ごめんなさい、お待たせして……」

見れば、そこには五十嵐《いがらし》親子が。お母さんを支えたせいか、額に汗をかき前髪の濡《ぬ》れた五十嵐《いがらし》さんと、彼女に支えられるようにして立つ萌寧《もね》ママの姿があった。

「ああ、お久しぶりです！」

「大丈夫なんですか？」

「ええ、すいません……ちょっと仕事の無理がたたったみたいで……」

さっそくそちらに駆け寄り、話を始める二斗《にと》家両親と萌寧《もね》ママ。

やっぱり両家、家族ぐるみの付き合いだったらしい。ずいぶん親しげに会話をし、二斗《にと》家両親は萌寧《もね》ママを気づかっている。

そして——、

「千華《ちか》マジごめん、遅くなって……」

——五十嵐《いがらし》さんは、困り笑いで二斗《にと》の方へ近づき、

「でも絶対、今日は見送りたかったから……あれ？」

ふと、気付いた顔になる。

「もしかして……ちょうど今行くところだった？」

――確かに、勘づいてもおかしくない。

肩にかけた重そうな鞄《かばん》。駅に向かって歩き出した足。

そして二斗《にと》も、

「……ああ、ごめん、ちょっとトラブルがあって」

少しためらいがちの口調で、五十嵐《いがらし》さんにそう言う。

「もう行こうかなって、ちょっと、思ったんだけど……」

……さすがの二斗《にと》も、それを本人の前で口にするのは気まずかったんだろう。

珍しくもごもごした口調で、その視線は五十嵐《いがらし》さんの方を向いていない。

「でも！　あと少しで萌寧《もね》来るって聞いたし、やっぱり待とうかなって巡《めぐり》と話したんだよ！

だから、うん……大丈夫！」

――その言葉に。

五十嵐《いがらし》さんが――一瞬表情を固めたように見えた。

けれど……すぐにその顔に笑みを浮かべると、何かを呑《の》み込むような間を空けて、

「……えー、行ってくれてもよかったのに」

あくまで軽い口調で。

明るい表情で、そう言った。

「ていうかわたしらのせいで待たせちゃった？　うわ～、ごめーん」

「いや、いいのいいの！　別にそこまで、急用ってわけでもなかったし……」

「だとしても、別にこれで会えなくなるわけじゃないからね～」

――強烈な、違和感があった。

五十嵐《いがらし》さんの言うことに、彼女の表情に「ずれ」を感じる。

五十嵐《いがらし》さんは何か――酷《ひど》く無理をしていないか。

本心を、必死で押し隠していないか――。

「……五十嵐《いがらし》さん」

気付けば、そう名前を呼んでいた。

「それで……いいの？」

五十嵐《いがらし》さんが、二斗《にと》がこちらを向く。

二人の表情に、小さく張り詰めた何かを感じる。

けれど――止められない。

「本当に……そんな感じで二斗《にと》に接していいの？」

「……どういうこと？」

あくまで、落ち着いた声だった。

「そんな感じって？　坂本《さかもと》は、何が言いたいの……？」

「……二斗《にと》は、親友なんだろ？　一番大事な存在なんだろ？」

「うん、そうだけど」

「確かに……新しい関係を見つけようって言ったけど」

言葉がぽろぽろとこぼれ落ちていく。

止めるべきなのかもしれないけど、自分ではどうにもできなかった。

「もっと良《い》い関係を見つけようって言ったけど、それってこういうことなのか？　だって、今日絶対見送りたかっただろ？　二斗《にと》が荻窪《おぎくぼ》を出ていくのを見届けたかっただろ？」

――そうだ、そのはずだ。

自分の親友が、一緒に育った街を出ていってしまう。

彼女として、それに立ち会いたくないはずがない。

だからこそ、五十嵐《いがらし》さんは体調不良の母親を連れてここまで来たわけで……。

俺だって、同じ立場だったら絶対そうしたい。

「……なのに、なんでそんな、別によかったのに、みたいな」

――あの日から、違和感を覚え続けているんだ。

ダブルデートをした日。彼女が、三津屋《みつや》さんに告白されてから。

「なんか……五十嵐《いがらし》さん、無理してないか？」

そんな気が、はっきりとしている。

「自分の気持ち、無理に抑え込んでないか……？」

そういう風にしか、見えなかった。

二斗《にと》と仲良くしたい気持ちを、必死で抑え込む。

自分の感情を見なかった振りをして、平気な振りをする。

それは本当に、「新しい関係」にふさわしいんだろうか？　それが、二斗《にと》と五十嵐《いがらし》さんの幸せな未来に繋《つな》がるんだろうか？

けれど──、

「……他に、どんなやり方があるっていうの？」


──答える五十嵐《いがらし》さんの声は、どこか寂しそうだった。

食ってかかられるかもしれない、と思っていた。

けんかになることも覚悟して、話したつもりだった。

ただ、彼女のその声に……俺はまだ、理解が浅かったかもしれないと思い知る。

「きっと……こういうことなんだよ」

五十嵐《いがらし》さんは、言葉を続ける。

「……何が？」

「時間が経《た》つっていうのは、こういうことなんだと思う」

「時間……」

「だからいいんだよ、しかたない」

見れば——五十嵐《いがらし》さんは笑っている。

諦めたような、観念したような顔で目を細めている。

「わたしは——それを受け入れるよ」

……そうなんだろうか。

年を重ねて、大人になって、それぞれの人生を歩み始める。

物理的な距離が開いて、気持ちの距離が空いて、それを受け入れる——。

それを受け入れていくのが、唯一できることなんだろうか。

それが、俺たちの「新しい関係」なんだろうか……。

どうしてもそれがわからなくて。納得も否定もできなくて。

俺はただ、二人の前で言葉を返せなくなってしまう——。

＊

「──うわ、辛気くさ！」

そして──様子を見に来た三年後。

卒業後の天文同好会部室で──。

俺の表情を見るなり、真琴《まこと》はめんどくさそうにそう言った。

「……そんな辛気くさい顔してる？」

「ええ、思いっきり。『物憂《ものう》げ』って言葉の擬人化みたいになってます」

「そこまでか……」

それ、ちょっとショックだ。

元気でひょうきんなだけが取り柄だったんだけどなあ……。

辛《つら》いシチュでもひょうひょうとしていて、シリアスにならないのが俺の売りだったのに。

真琴《まこと》からしてもウザいよな……。

過去から帰ってきた先輩が、いきなりクッソ暗くなってたら……。

これは小言の一つや二つもらうかもしれないし、「そういう感じならわたし帰ります」とか
突き放されるかもしれん……。

なんて思っていたけど、

「……もう、そういう表情は似合いませんよ」

素っ気ない様子で、真琴《まこと》はそう言った。

「笑っててくださいよ。そっちの方が、先輩には似合います」

「……ま、真琴《まこと》！」

……ど、どうしたんだよこいつ！　そんな、めちゃくちゃ優しい言葉を……！

マジで初めてじゃないか⁉　こんな真剣に、慰めてくれるなんて……。

感動のあまり、泣きそうになる。

そうだよな……これまで一人で頑張ってる気になってたけど、こいつがいるんだ。

俺には、全部を見てくれた真琴《まこと》がいる。

だから——これからも大事にしよう。五十嵐《いがらし》さんにとって二斗《にと》がいるように、俺にとっては真琴《まこと》こそが最大の親友だったのかも——。

「だって、物憂《ものう》げな顔って」

と、真琴《まこと》はドライな表情のまま続ける。

「繊細系美少年がするからいいんですよ」

「……は？」

「黒髪文学好きの細面美少年がするからいいんであって、鈍感系フツメンである先輩がしてもキツいだけというか」

「おい誰が鈍感だ！」

割と繊細な部分もあったりしますよ！　アニメとか見てよく泣くし！

「でもやっぱり笑ってる方がいいですよ。ほどよくアホっぽくて、似合います」

「確かに成績悪かったけどさあ！」

でも二回目は結構頑張ってんだから、努力を評価してくれよ！

「……はぁ」

気付けば、いつものテンションに戻っているのだった。

ため息をつき、俺は辺りを見回す。

もう何度目になるのだろう、三年後の世界の部室。

見た目には、前回来たときから大きな変化はないけれど、

「……ていうか、どうよ？」

恐る恐る、俺は真琴《まこと》に尋ねる。

「前回来たときから、結構色々頑張ってみたけど……なんか変わった？」

前に未来に来たとき以降、過去で色々やってみたんだ。

五十嵐《いがらし》さんの趣味を見つけようと奮闘し、三津屋《みつや》さんと出会った。

結果、彼は五十嵐《いがらし》さんに告ったわけで、それが良《い》いことかどうかは置いといて、大きな変化

が起きたはずだ。

他にも、俺が働きかけたことは色々ある。

引っ越しの件《くだん》の説明にしてもそうだし、出発の日に五十嵐《いがらし》さんと顔を合わせられたのもそうだ。

問題が解決した気配は全くないけれど、少なくない変化は起きているはず。

「色々変わりましたよ」

あっさりと。相変わらずどこかよそよそしい態度で、真琴《まこと》が言う。

「さほど大きな差はないですけど」

……この真琴《まこと》の変化も。未来を変えていく中で、真琴《まこと》と俺の距離が徐々に開いている気がするのも、どうにも気になるところだった。

「へえ、どんな風に変わった？」

「まず、二斗《にと》先輩と五十嵐《いがらし》先輩は、配信ライブの日、大げんかしていません」

「おお、マジか！」

「ええ」

言われて、ちょっと気分が浮き上がる。

それって、結構大きな収穫じゃね⁉　問題解決に近づいたんじゃね⁉

けれど――、

「……フェードアウトです」

「……あー……」

「配信ライブの日を境に、五十嵐《いがらし》先輩が二斗《にと》先輩に距離を置いて……関係はフェードアウト。失踪って結末は、前回と変わっていません」

「……そう、か」

つまりそれは……派手に揉《も》めなくなった、ってだけだよな。

けんかもせずに、勝手に距離を取って終わったってだけ……。

やっぱり全然問題解決してないじゃん……。

……でも、ちょっと納得いく気もする。

五十嵐《いがらし》さんは——自分を抑え込んでいる。

自分の本心を、あってはいけないものだと押し殺そうとしている
きっと、けんかがなくなったのはその結果だ。彼女は、気持ちを爆発させることもなく、ただただ二斗《にと》の元を離れた——。

——変わったのは表層だけ。問題は、今も間違いなくそこにある——。

「……はぁ」

ため息をつき、俺はもう一度考え込む。

「どうするかなあ……」

配信ライブまで、もう向こうの時間軸で数日だ。

それまでに、どうやってこの問題を解決すればいいんだ？

どうすれば、二人の間を取り持てるんだ……。

「……そうだ」

と、ふと思い付き、俺は真琴《まこと》の方を向き直る。

「ちょっと……今悩んでること、相談していい？」

「……わたしにですか？」

「うん」

これまでも、何度も真琴《まこと》には助けられてきた。

ここぞと言うときに相談に乗ってもらって、キラーアイデアをもらってきた。

今回も、真琴《まこと》が何か一発逆転の方法を見つけてくれるのでは⁉　言ってみればこいつも女の子なわけで、女子同士の関係には俺よりずっと詳しいはず。

「……いい、ですけど」

けれど……真琴《まこと》は。目の前で椅子に腰掛ける真琴《まこと》は、存外気の乗らない表情で、

「わたし……皆さんのことそこまで詳しくないんで、良《い》い意見を言えるかわかりませんが
……」

……そこまで詳しくない。

やっぱり……この時間軸では真琴《まこと》はあまり部室に来なかったんだろうか。

俺以外の部員とも、さほど接点がなかった感じなんだろうか……。

ただ……今はそこを掘り下げる場面でもなくて、

「……えっと、じゃあ。まず、五十嵐《いがらし》さんと二斗《にと》との関係なんだけど」

俺はとりあえず、手短にこれまでのあらましを聞かせた。

二人の関係や、五十嵐《いがらし》さんが夢を見つけようとしたこと、
その結果、五十嵐《いがらし》さんが妙に自分を押し込める雰囲気になっていること——。

「——なるほど」

話を終えると、真琴《まこと》はふっと息をつく。

「状況は、理解できたんですが……」

腕を組み、考え込む真琴《まこと》。

けれど、すぐに諦めたようにこちらを向き、

「……すいません。やっぱりその状況で、こうすればすぐに解決、みたいなのは思い付かなそうで……」

「……そっか」

まあ……それもそうだよな。安楽椅子探偵《あんらくいすたんてい》じゃないんだから、ここで話を聞いただけで、一発逆転の方法なんて見つかるはずがない。

いかんな、これまでのこともあって、ちょっと真琴《まこと》に甘えすぎていたかも……。

「ごめんな、無理言って。そりゃ、わかんないよな」

「ええ、すいません。ただ……」

と、真琴《まこと》は視線を落とすと、

「ちょっと、引っかかるんですよね」

「……何が？」

「五十嵐《いがらし》先輩が、夢を探そうとした、ってことです」

ふっと息を吐き、真琴《まこと》は頬杖《ほおづえ》をつく。

「先輩も、そこに疑問を持ってないみたいですけど。五十嵐《いがらし》先輩も、それを見つけなきゃって思い込んでるみたいですけど……」

そして——彼女は窓の外。

春の昼間の荻窪《おぎくぼ》を眺めながら、

「……そういうの、必要なんですかねえ」

ひとりごとみたいに、そう言った。

「わたしは、ぐだぐだ過ごすのも好きなんですけどね……。推しのV見たり、ゲームやったり、書き換えられる前みたいな毎日も……」

……その言葉に、ドキリとする。

夢中なもののない生き方。かつて俺と真琴《まこと》が、過ごした三年間のような日々。

「そういうのって、言うほどダメなんでしょうか……」

そして真琴《まこと》は——こちらを見ないまま、小さく続ける。

「——熱くて美しいだけが、青春なんですかね……」

＊

その後。俺は過去に戻り、どうすべきか悩みつつ二人とやりとりを継続。

ただ、どうにも進展を得られず。そうこうするうちに配信ライブ当日。金曜日になり——。

——放課後、予想外の事件が起きる。

＊

——廊下から、慌ただしい足音が聞こえた。

こちらに向かって駆けてくる、誰かの足音。

部室にいるのは、俺と五十嵐《いがらし》さん、六曜《ろくよう》先輩の三人だ。

二斗《にと》は今日二十時から予定されている配信ライブのため、同好会には不参加だった。

何事だろう、と彼らと顔を見合わせていると、

「──ごめんなさい、入るわね！」

ノックされることもなく、部室の扉が開き──、

「……ああいた、五十嵐《いがらし》さん！」

そこにいた千代田《ちよだ》先生が、息を切らして五十嵐《いがらし》さんを呼ぶ。

「な、何ですか……？」

PCで何やらしていた彼女は、わけのわからない顔のまま椅子から立ち
「わたしに、何か用ですか……？」

「……お母さんが」

不安げな彼女に、千代田《ちよだ》先生は一度ごくりと唾を飲み込み、

「お母さんが、職場で倒れられたって連絡が──」

第六話 chapter6

【イズ・イット・ユウ？】

萌寧《もね》ママ――五十嵐杏里《いがらしあんり》さんが搬送されたのは、ターミナル駅の一つ隣。

繁華街のすぐそばにある、都立の総合病院だった。

「……大丈夫だとは、思うんだけどね」

そこへ向かう電車に乗り込み。

発車の加重に身体《からだ》をしならせながら、五十嵐《いがらし》さんは言う。

「前から何度かこれに近いことはあって……その度に、少ししたら回復してたから。大ごとにはならないと思う」

けれど、言葉とは裏腹に額には冷や汗が浮かんでいて。

顔色はいつもよりも青ざめて見えて――。

俺は今さら、この子が「無理をする」タイプだったのに気付く。

もっと早く理解すべきだったのかもしれない。

傍《はた》からはそうは見えないけれど、思えばこの子はずっと自分に無理をさせてきた――。

＊

「――すぐに病院に向かいます」

千代田《ちよだ》先生の連絡に、五十嵐《いがらし》さんは血相を変えてそう言った。

「どこの病院ですか？　衛生《えいせい》病院？　それとも、職場の近くの？」

つとめて冷静でいようとしているのはわかる。

取り乱しそうになるのを必死に抑え込んでいるのもわかる。

けれど――、

「大久保《おおくぼ》の病院よ、駅のそばにある附属病院」

「検索してみます。そこなら、電車で行くのが早いかな――」

――話しながら、荷物をまとめる手つきは危なっかしくて。

足取りのテンポも乱れているように見えて――、

「お、俺もついてくよ！」

反射的に、俺はその場に立ち上がった。

「一人で行かせるのは心配だし、俺も一緒に行きます！」

「……わかった、お願いね」

そんな俺に、千代田《ちよだ》先生は真剣な顔でこくりとうなずいた。

「くれぐれも、あなたたちまで事故に遭わないように。何かあったらすぐ連絡して」

「今、ルート調べて二人のラインに送った」

六曜《ろくよう》先輩が、スマホから顔を上げて俺に言う。

「最短で着く電車と、駅から病院までのマップ。それで行くのが一番早《は》えーと思う」

「……ありがとうございます」

五十嵐《いがらし》さんは、一度皆の顔を見回して頭を下げた。

「すごく助かります！　じゃあ、行ってきます――」

＊

車窓の向こうを、中央線《ちゅうおうせん》沿いの景色がゆるゆると流れていく。

遠く南東の方に目をやると、背の低い建物たちの向こうに、新宿副都心《しんじゅくふくとしん》のビル群が見え始めていた。大きく傾いた日に照らされたそれは薄黄色の光を乱反射していて、なんとなく、何かを記念するモニュメントみたいにも見えた。

「……うち、両親が早くに別れててさあ」

ふいに、ぽつりと五十嵐《いがらし》さんが言った。

「ずっと、ママと二人で暮らしてるんだ……」

「……そう、だったんだ」

初めて聞く話だった。

お互いの家族の話なんてしないし、五十嵐《いがらし》さんの家族構成も知らなかった。

けれど言われてみれば、この子から父親の話は一度も出たことがなかったかもしれない。

「だからあんなに家も狭くて、個人部屋とかもなくてさ。四六時中お互い顔を合わせてて……」

「……そっか」

「朝とか大変だよ、洗面所の取り合いになったりして……」

「あはは、あるよなそういうこと」

なんとなく、腑《ふ》に落ちる感覚がある。

これまで何度か、五十嵐《いがらし》さんが家庭を大事にしているところを垣間見《かいまみ》てきた。

お母さんの荷物を持とうとしていたことや、電話の向こうで洗い物をしていたこと。料理の丁寧さや行き届いた配慮。

そういうのは、五十嵐《いがらし》さん自身がそういう性格なのもあるだろうけれど、家庭環境による部分もあったのかもしれない。

「……けどね、別に辛《つら》かったりしたわけじゃないよ」

ごくフラットに、五十嵐《いがらし》さんはそう言う。

「ママ、本当にわたしのこと大事にしてくれて。親の愛、不足してるとか一度も思ったことないし。むしろ、愛されすぎみたいな？　恥ずかしくなっちゃうくらい大切にしてもらえて、毎日楽しいんだよ」

「確かに、そんな感じだったよな」

萌寧《もね》ママといるときの五十嵐《いがらし》さんの表情から、不幸の影は全く見て取れなかった。

満ち足りた親子関係。

むしろ、頻繁にけんかする坂本家《さかもとけ》よりも、関係は良好なんじゃないかさえ思う。

「だけどさー」

と、そこで五十嵐《いがらし》さんは深く息を吐き、

「やっぱり、無理させちゃってたんだよねー」

「無理？」

「ママ、めちゃくちゃ仕事できるらしくて、会社でもガンガン出世してるんだけど」

「あー、あの人、仕事できそうな感じだったな」

華やかできれいな上に、ビシッとした空気があった印象がある。

なんとなくだけど、大きな企業で重要なポストについてそう、というか。

「でしょ？」

と五十嵐《いがらし》さんは自慢げに笑い、

「でも元々、体力ある方じゃないから。ときどき限界来て、身体《からだ》壊すことがあって。それでも、頑張って働いてくれちゃってたんだよ。ほらわたし、専門行きたいと思ってたから」

「……うん」

実際三年後の未来で、五十嵐《いがらし》さんはデザイン系の専門学校に進学する。

公立の大学に行ったり、そのまま就職するよりはお金もかかるだろう。

「だからわたし、バイトするってずっと言ってるんだけど、すごい勢いで止められて」

「え、なんで……?」

「若いときには、若いときしかできないことをやってほしいんだって。ママ、自分が高校生のときには結構自由にさせてもらってたらしいから。娘にも、同じ経験をさせてあげたいみたい」

「……なるほど」

うなずいて、俺は深く息を吐き出す。

そして——、

「いいお母さんなんだな」

——素直な感想を。

話を聞いて純粋に思ったことを、自然と口にした。

「萌寧《もね》ママ、めちゃくちゃいい人じゃん」

「そうなんだよ」

五十嵐《いがらし》さんも、うなずいて苦しそうに笑う。

「本当に、いいお母さんなの……」

……だから、と。その先に、きっと彼女が言いたかった言葉。

それを口にする前に、電車は目的地の駅に到着した。

俺たちは、足早に車両を降りると改札へ向かった。

＊

——病院に到着早々。待っていたらしい医師に連れられ、五十嵐《いがらし》さんは診察室で病状の説明を受けることになった。

その間、俺はロビーで待つことに。

スマホを眺めたり、置かれていた雑誌を見たりして時間を潰そうとする。

けれど——落ち着かない。

できるだけ平常心でいようと思っていたけれど、どうにも冷静でいられない。

そのうえ、二十分、三十分待っても五十嵐《いがらし》さんは戻ってこなかった。

そのことにも、どんどん不安が募っていく。

……もしかして、結構容態は重いのか？　命にも、危険があったりするのか……？

どうにも我慢できなくて、様子でも窺おうかと椅子を立った。

そんなタイミングで——、

「——ありがとうございました」

五十嵐《いがらし》さんが、診察室から出てくる。

医師にぺこりと頭を下げ、彼女は俺を見つけるとこちらに歩いてきた。

「……ふう」

深く息を吐き、ベンチに腰掛ける彼女。

「……どうだった?」

恐る恐る、俺は五十嵐《いがらし》さんに尋ねる。

「お母さん、大丈夫なのか……?」

「……んー、色々話はあったけど」

「おう」

「結論から言うと」

「言うと……?」

緊張感に、ごくりと息を呑《の》む。

手をギュッと握り、五十嵐《いがらし》さんの目をじっと見る。

そして——、

「……大丈夫、みたい」

言って——五十嵐《いがらし》さんはどはーと息を吐いた。

「疲労で免疫力が落ちて、それで色んなことが一気に……って流れなんだって。大ごとではないみたいだよ」

「……そっか」

俺も思わず、ベンチの背もたれにどさっと体重を預けた。

「よかったー……」

「ご心配をおかけしました……」

「いやいや、いいんだよ、俺のことは……」

「まあ、現状容態がいいとは言えないらしいんだけどね……。だからこのあと、しばらく入院になるから色々手続きとか準備がいるみたいで。それが割と、大変っぽい。看護師さんから説明受けたけど、頭いっぱいだよ……」

「あー、だよなー」

……なるほど、時間がかかったのはその説明があったからか。

普通の高校生である俺らには、そういう手続きの話って重たいよな……。

ただ、この子はその辺も一人でなんとかしようとしちゃいそうなものだから、

「……あの、周囲に頼れよ、そういうの」

俺は、ちょっと探りながらでそう言ってみる。

「俺でも、六曜《ろくよう》先輩でもいいし……二斗《にと》の家族とかも、力になってくれるだろうから。そういうの、遠慮なく頼ればいいんだからな」

はっきり言ってしまえば、俺たちはまだ子供でしかない。

大人に比べてあらゆる力が欠けているし、社会的には保護されるべき存在なんだ。

だから、こういう場面では素直に誰かに助けてもらえばいいと思う。

五十嵐《いがらし》さんにも、そうしてもらいたい。

「うん、わかった、頼るよ」

「おう」

「ママもきっと、それができなかったからこうなったと思うし」

「……だな」

うなずき合って、沈黙する。

どこかで医療器具が作動するうなりと、受付が次の患者を呼ぶ声がする。

少し前、五十嵐《いがらし》さんと二人でいると気まずかったのに、今はこうして黙っていても、友達といる心地よさだけを感じるのだから不思議だった。

そして——、

「……ねえ、坂本《さかもと》」

俺を呼ぶ五十嵐《いがらし》さんの声が、震えていた。

「やっとわたし……気付いたよ」

見れば——五十嵐《いがらし》さんの目。

メイクのばっちりされたそのまつげの隙間から、一つ雫《しずく》がこぼれた。

慌てて彼女は指で拭うけれど、それは何度も何度もこぼれて、彼女のマスカラやアイラインを少しずつ崩していく。

「気付いた……いや、違うかな。本当は、わかってたのかも。わかってて、それでも見ない振りしてたのかも……」

ぽろぽろとこぼれる彼女の言葉。

そして——五十嵐《いがらし》さんはこちらを見ると。

もう一度涙を拭い——、

「わたし——大切にしたいものを、もう持ってたんだ」


そう言って、小さく笑ってみせた。

「必死になれるものとか、夢中になれるものとか、そういうのじゃなくて。本当に欠かせないものを……もうわたし、持ってたんだ」

——必死になれるもの。

——夢中になれるもの。

ここしばらくで、俺と彼女が探していたもの。

そして――いつの間にか、彼女を追い込んでいたように思えるそれ。

「あのね。本当はわたし、変わりたいなんて思ってないの」

はっきりと――彼女はそう言った。

「普通に毎日を楽しく過ごして、ママと幸せに暮らして……今ある生活を大事にするだけでよかったんだよ」

「……そっか」

ああ……と、俺は腑《ふ》に落ちた気がする。

その言葉は、何というのだろう――五十嵐《いがらし》さんに似合っていた。

このところ、無理をしてばかりいるように見えていた五十嵐《いがらし》さんにとって。発言がどこかちぐはぐに聞こえた彼女にとって、本当の意味で似つかわしい言葉。

「千華《ちか》が音楽で人気になって、坂本《さかもと》が天文学者になって、六曜《ろくよう》先輩が社長になったって、わたしまでそうなる必要ないんだ。わたしにはできないし、本当は、しようとも思えないし……そんなわたしの人生を、好きでいたい」

「……うん」

「ねえ、知ってる？」

五十嵐《いがらし》さんは――そう言ってこちらを覗《のぞ》き込む。

ボロボロに崩れたメイクの顔で、俺に笑ってみせる。

「朝ご飯がおいしくできたってだけで、ウキウキしちゃうのを。食器が水切りかごにきれいに並んでるのが、すごく気持ちいいのを。夜、ママが疲れ果てて帰ってきたときに、晩ご飯を用意できてるとすごく誇らしい気持ちになるのを……」

——知っているはずのことだった。

俺もそんな幸せたちを、本当は知っている。

「ママの服を借りて出かけるくすぐったさとか。帰り道に見上げる夕焼けの空とか、そんな道の途中で、ママに偶然会ううれしさとか……そういうのが、わたしにとって本物なんだ」

そしてそれを——五十嵐《いがらし》さんは誰よりも知っていた。

そのことを、幸福に思っていた。

それで十分だったし——それ以外は、本当は必要なかったのかもしれない。

真琴《まこと》が言っていた言葉を思い出す。

「——熱くて美しいだけが、青春なんですかね……」

そんなはずがなかったんだ。

人には人の正解があって、きっとそれを追い求めるのが一番だ。

五十嵐《いがらし》さんは最初から、今のままであればよかった。

その事実に——気付くだけで十分だった。

「だからそういうのを、わたしはこれからも大切にしたい。そういうのをじっくり味わいながら、毎日を過ごしていたいんだ。それが……わたしにとっての、一番の幸せなんだ……」

「そっか……」

うなずいて、一つ息を吐く。

そして——、

「……ごめんな、色々と」

これまでを振り返って、自然と俺は、彼女にそう言った。

「俺が一番、五十嵐《いがらし》さんを苦しくさせてたのかも。本当は、望まないことを勧めまくって」

「……ああ、ちがうちがう」

五十嵐《いがらし》さんは、けれど意外そうに目を丸くし、首を振った。

「そうじゃないって。間違えたのはわたしだよ。坂本《さかもと》は、付き合ってくれただけ。むしろ、こっちがごめん。それに……」

と、彼女はもう一度笑って——、

「言ってくれたでしょう? 無理してないか、気持ちを抑え込んでないかって」

「……ああ、そうだったな」

「あれさー、最初ムカついたけど。そんなこと言って、どうすればいいのって腹立ったけど」

「えー、やっぱ怒ってたのかよ……」

そうだろうとは思ってたけどもね……。

あのときの五十嵐《いがらし》さん、明らかにマジギレを隠してる雰囲気だったし……。

けどそれを、こうして面と向かって言われるとまあビビっちゃいますな……。

「だから……坂本《さかもと》だよ、最初に気付いてくれたのは。わたしが間違ってるのを、教えてくれたのは……」

五十嵐《いがらし》さんは、そこでふっと息をつく。

それでようやく、普段の彼女の雰囲気が戻ってきたように思う。

「これはからは、そんな自分で――千華《ちか》とは、仲良くし続けられればいいなと思う」

「……うん」

「ちょっとどうなるかわからないし、やっぱり上手《うま》くいかないかもしれないけど、そのときはそのときかな。わたしは、それでいいって思う」

「……わかった」

「だから、夢探しはこれにて終了だね」

言って、五十嵐《いがらし》さんは真《ま》っ直《す》ぐこちらを向く。

そして、今までで一番素直な笑顔を俺に向け、

「ありがとう、楽しかった。一緒に遊んだり、色々チャレンジするの」

「うん、俺も楽しかったよ」

「これからも、よければ遊んでね。坂本《さかもと》」

そう言う彼女の表情に、
肩の力の抜けた笑みに――答えを見つけたんだな、と思う。

ずっと探していた、五十嵐《いがらし》さんと二斗《にと》の新しい関係。

五十嵐《いがらし》さん側は、それを見つけることができた――。

これが――彼女の答えた。

……ただ、まだだと思う。

見つけるのはきっと、五十嵐《いがらし》さんだけじゃない。

もう一人、それを見つけるべき人がいるんだ――。

俺のいた未来で、五十嵐《いがらし》さんと二斗《にと》は今日、大げんかをした。

あるいは、五十嵐《いがらし》さんの方から関係をフェードアウトさせてしまった。

きっとそのことは、『彼女』の側にも問題がある。彼女の五十嵐《いがらし》さんへの『態度』。

それをもう一度見直さなきゃいけなくて――、

「……よし」

──動くなら、今だ。

ベンチから立ちスマホを見る。時刻は──十九時少し前。

今なら、まだ間に合う──。

「ちょっと……行ってくるわ」

「……そう」

その言葉だけで、何かを察してくれたらしい。

五十嵐《いがらし》さんはこちらを向き、こくりとうなずいた。

「気を付けてね、坂本《さかもと》」

「そっちこそ。一人で残しちゃって、大丈夫？」

「うん、何かあったら連絡する」

「わかった。……じゃあな」

「うん、行ってらっしゃい」

歩き出した俺に、五十嵐《いがらし》さんが手を振ってくれる。

それが妙に心強くて……俺の方こそ、彼女に背中を押してもらっちゃったなと、なんだか笑ってしまった。

＊

「……つうか、何号室だっけ⁉」

そして――到着した二斗《にと》の家。

先日引っ越したばかりの、これから配信ライブを始めるマンション。

その入り口で――俺は、早くも立ち往生していた。

「やっべ……行けばなんとかなると思ってたけど、そっか、オートロック！」

目の前にある、部屋番号を打ち込むための数字キーたち。

本来なら、そこに二斗《にと》の部屋の番号をババババっと打ち込んで「二斗《にと》！　話しに来たんだ！」

とかっこよく登場するつもりだったけど、

「三階……なのは覚えてるけど。三〇……二だっけ？　んー……」

思い出せないのだった。

先日ちらっとお邪魔した二斗《にと》の部屋。それが、何号室だったか思い出せない……。

「あーもう、こんなとこでつまずくのかよ！」

あとは、二斗《にと》に話すだけなのに！　彼女に今起きていることを伝えて、『彼女自身』の気持ちをしっかり考えてもらうだけなのに！

こういうところで引っかかるのが、我ながら俺らしいところだ。
ほんと、かっこつけてるときに限ってこういうことが起きるんだよな……。
「二斗《にと》に電話とかするか？　いや、配信前だし出てもらえるとも限らねえ……」
時計を見ると――配信開始三十分前。
そろそろスタンバイしてるだろうし、気付いてもらえるか怪しいところだ。
元々二斗《にと》、あんまりスマホを手元に置いとかないタイプだし……。
「――となると、仕方ねえ！」
俺はそこで覚悟を決めて――、
「とりあえず勘で行く！」
ぼんやりした記憶で「３０２」とボタンをプッシュ。
呼び出しボタンを押した！
たんとーんみたいなチャイムが鳴り。短く間を空けてから、
『……はい？』
怪訝《けげん》そうな声が、スピーカーから聞こえた。
――違った。
明らかに、二斗《にと》の声じゃなかった。
滑らかで楽しげな二斗《にと》とは違って、どこかハスキーで、落ち着いた声。

や、やべえ！　違う人の家にピンポンしちゃった！

「あ、す、すいません……！　間違えたみたいで！」

慌ててカメラに向けてぺこぺこと頭を下げる。

「部屋番号押し間違えたみたいで、ははは……」

こんな時間に間違いチャイムとか、迷惑にもほどがある！

夕飯の時間だったかもしれないし……！

ただ――、

『――あれ、二斗《にと》先輩の』

スピーカーの向こうの人が、気付いた声になる。

『二斗《にと》先輩の、彼氏さんですよね？』

「……え？　あ、ああ、そうすけど」

『あの……わたしです』

言って、声の主はちょっと緊張を解き――、

『配信者のサキです』

「……あ、あああ！　どうも、この間ぶりです！」

――サキさんだった。

インテグレート・マグの二斗《にと》の同僚。先日、引っ越しのときにも顔を合わせた彼女だった。

そうか、俺……間違って、二斗《にと》の隣の彼女の部屋を呼び出しちゃってたんだ……。

『二斗《にと》先輩に会いに来たんですよね?』

スピーカーの向こうで彼女が訪ねる。

『これから、配信ライブですし』

「そうなんです!　ちょっと話したいことがあって」

『とりあえず開けますね』

サキがそう言い、目の前で自動ドアが開いた。

『二斗《にと》先輩の部屋は三〇三号室なんで、そっちに行ってみてください』

「わかりました、ありがとうございます!」

カメラに向かって深くお辞儀をすると、俺は足早にエレベーターホールへ向かう。

＊

——そして、

「……どうしたの?」

訪れた——二斗《にと》の家。

配信準備が整ったその部屋の、玄関まで来てくれた彼女に、

「何か用……？」

俺は、一瞬息を呑《の》む。

彼女は――すでにｎｉｔｏになっていた。

据わった目と落ち着いた表情。

トーンの低い声と、黒いワンピース。

そして何より、オーラが。彼女のまとっている空気自体が、いつも部室にいる彼女とは違っている――。

――一度目の高校生活で、何度も目にしてきた。

動画サイト越しに眺めることしかできなかった――ミュージシャン、ｎｉｔｏ。

それが今、目の前にいる――。

ちらりと目をやると、リビングに置かれたキーボードとマイク。

その脇に置かれたノートパソコンと、照明器具。

ｍｉｎａｓｅさんと、もう一人同世代の男性の姿が……インテグレート・マグのスタッフさんだろうか、何やら作業をしている人の姿がある。

――一瞬、気圧《けお》されそうになる。

今から始まるのは、事務所の未来を左右するライブだ。

そこに首を突っ込んで掻《か》き回《まわ》すことに、はっきり言おう、俺は恐怖を覚える。

けれど——思い浮かべる。

二斗《にと》が失踪してしまった未来。あのとき覚えた絶望感——。

それを回避するためなら。彼女を守るためなら——俺は、ここから踏み出そうと思う。

「話があるんだ」

真《ま》っ直《す》ぐ二斗《にと》を見て、俺は彼女に言う。

「大事な話があるから、聞いてほしい」

「もうすぐ配信なの」

けれど、二斗《にと》はあっさりそう言って部屋に戻っていく。

「そのあとにできないかな?」

「今、話したいんだよ!」

慌てて彼女についていきながらも、思わず声が大きくなる。

ｍｉｎａｓｅさんと男性が、驚いた様子でこちらを見る。

けれど——止まらない。

「どうしても、必要なんだ。だから、時間がほしい」

——こちらを振り返る二斗《にと》。

そして、彼女はリビングに向き直り、

「……minaseさん、矢野《やの》さん、ちょっと彼と話していいですか？」

「こっちは……大丈夫だけど。矢野《やの》くん、機材は？」

「問題ないよ。リハも済んでるし、あとは配信始まってからの調整だけだ」

「ありがとうございます」

二斗《にと》はぺこりと二人に頭を下げる。

そして——キーボードの前、配信で使う予定らしい椅子に腰掛けると、

「……話したいことって？」

こちらを見上げ、首をかしげた。

「どうしたの、そんなに慌てて」

その問いに——俺は一度息を吸ってから。

真《ま》っ直《す》ぐ二斗《にと》を見返して——、

「……五十嵐《いがらし》さんの、お母さんが倒れた」

端的に、そう言った。

「病院に救急で搬送されて、俺も五十嵐《いがらし》さんと行ってきた」

——一瞬、無言になる。

はっきりと、リビングの空気が固くなったのを実感する。

「……そう」

なのに――意外にも冷静な声だった。

二斗《にと》の声はいつも通りの。いや……普段よりも平板にも思える、温度の低い響きだった。

「容態はどう？」

「……大丈夫では、あるらしい。しばらく入院はするけど、命に別状はないって……」

「よかった」

あっさりと、それだけ言う二斗《にと》。

「教えてくれてありがとう。時間ができたら、お見舞いにも行くよ」

驚いても、動揺してもいない彼女――。

短く間を空けて――俺は気付く。

そうだ……きっと二斗《にと》は知っていたんだ。

二斗《にと》は、今日五十嵐《いがらし》さんのお母さんが倒れることを知っていた。

そしてそれが、命に別状があるような大ごとじゃないのも。

彼女は高校生活をループしている。三年間を何度もやり直している。そこで起きる出来事は毎回変わると言っていたし、事実そうなんだろうけど……たぶん、変わらないこともある。

具体的には、二斗《にと》にはどうしようもない出来事。世界で起きる事件や日々の天気。五十嵐《いがらし》さんのお母さんの体調不良も、二斗《にと》の行動の変化でどうこうなることじゃないんだろう。

二斗《にと》は、この知らせを受け取るのが、初めてではない――。

そして――、

「……そうか、そういうことか」

色々と、理解できた気がした。

――きっと、これだ。

これが、この二斗《にと》のあり方が――五十嵐《いがらし》さんとの絶交の、もう一つの原因だ。

ループで入院のことは知っていても、二斗《にと》は自分の態度がけんかに繋《つな》がることは知らない。

こんな風に早い時期の成功は、このループが始めてだと言っていた。だから、追い詰められた状況でこの知らせを聞くのだって初めてのことで、迂闊《うかつ》にも彼女はその「出来事」に対してこんな反応をする。

配信ライブという目の前の課題と、すでにそれを知っているという前提を踏まえて、あくまでドライな対応になる――。

それは、五十嵐《いがらし》さんに対しても変わらなかったんだろう。あくまで冷静に、ミュージシャンのｎｉｔｏのあり方で、酷《ひど》く傷ついた彼女に接した。五十嵐《いがらし》さんからしてみれば、突き放されたように感じられたかもしれない。

結果として――二人は大げんか。あるいはフェードアウトという結末にたどり着いた。

――なら。

二人の問題のコアがわかった今。

俺のすべきことは——はっきりしている。

「……ちゃんと聞いてくれよ、二斗《にと》」

俺は、もう一度彼女に呼びかける。

「ミュージシャンとしてじゃなくて、五十嵐《いがらし》さんの親友として聞いてくれよ！」

二斗《にと》が——もう一度俺を見た。

言っていることがわからなかったのか、不可解そうに彼女は首をかしげる。

「……五十嵐《いがらし》さん、両親が離婚してるんだってな」

そんな彼女に、俺は話を続ける。

「そんな五十嵐《いがらし》さんに、お母さんはすごく優しくて、だからあの子、そんな毎日が大好きだったらしいんだ。ほら、最近色々趣味探してただろ？　だけど……結局、一番大事なのは、ごく普通に過ぎていく毎日だって気付いた。そうやって、お母さんと過ごす日々を大事にしたいって……」

二斗《にと》は、何も言わずにじっと俺を見ている。

その表情は冷静で、まだ彼女がミュージシャンのままなのを思い知る。

だけど、

「そんな五十嵐《いがらし》さんのお母さんが——倒れたんだ」

その言葉で――二斗《にと》の表情が、わずかに揺らいだ気がする。

「確かに、大ごとには至らなかったよ。命に別状はないし、また少ししたらいつもの生活に戻れると思う。でも……どれほど怖かっただろうと思うよ。自分にとって唯一の親が、いなくなっちゃうかもしれない。一番大切なものを、失っちゃうかもしれなかったんだから……」

……考えただけで、胸が詰まるのだった。

俺だって、親に万が一のことがあればと想像すると背筋が凍りそうになる。

ごく普通の家庭に育って、親のありがたみもさほど実感できていない俺が、だ。

だから――五十嵐《いがらし》さんの受けたショックは。

彼女の感じた恐怖は、どれほどのものだっただろう。

「……今度、話すよ」

けれど――二斗《にと》はnitoのまま。

小さな声で俺にそう返す。

「明日になるか、週明けてからになるかわかんないけど、必ず……」

「……それが、親友としての二斗《にと》の考えなら構わないよ」

俺は、もう一度彼女に食らい付く。

「でも、違うだろ？　今二斗《にと》は、ミュージシャンとしてこの話を聞いただろ？」

――仕方のないことなのも、わかっている。

二斗《にと》はこれから、事務所の未来を背負ってライブをするんだ。

こんな風に二斗《にと》が対応することを、俺は責められない。

だから──、

「これは……俺からのお願いだ」

──俺にできるのは、願うことだけ。

「一瞬でもいい。五十嵐《いがらし》さんの──親友として、考えてみてくれないか」

二斗《にと》が──その目を見開いた。

「あの子の幼なじみとして……一秒でもいいから。配信ライブの前に、そのことを考えてみてくれないか……」

──その言葉に。

俺のセリフに──二斗《にと》のまとうオーラが大きく揺らいだ気がした。

そして……表情が緩んでいく。

固くこわばっていた頬が赤みを帯び、据わって見えていた目に輝きが戻る。

彼女は──二、三度瞬《まばた》きして、小さくはっと息を呑《の》むと、

「……ｍｉｎａｓｅさん！」

──もう、二斗《にと》の声だった。

いつも部室で聞く、ちょっとずぼらそうで高いトーンの声。

「すいません、配信開始まであと何分ですか⁉」

「えっと……十五分くらいね」

時計を確認して、ｍｉｎａｓｅさんが端的に言う。

さらに、

「五分くらいは押しても大丈夫だよ。むしろ遅れた方が、ちょっと焦《じ》らせていいかも」

「ありがとうございます！」

頭を下げ、二斗《にと》は傍《かたわ》らのテーブルに置いてあったスマホをひったくるように拾う。

そして、その画面に指を滑らせ、勢いよくそれを耳に当てると、

「——あ、二斗《にと》さん！」

それまで黙っていた男性スタッフ……確か矢野《やの》さんが、そんな声を上げた。

「ごめん、そのスマホ！　さっき音声テストに使った設定のままだから、音全部外に出るかも！」

彼の言う通り——部屋のスピーカーから、ラインの発信音が鳴り始める。

けれど二斗《にと》は、彼の方をちらりと一瞥《いちべつ》すると、

「構いません！」

とだけ短く答えた。

そして——ぷつりと音がして、通話が繋《つな》がり。

「――萌寧《もね》⁉」

二斗《にと》は、隣の俺が驚くほどの声量でその名前を呼んだ。

「巡《めぐり》から聞いた！　今どこ⁉　大丈夫⁉」

血相を変えている二斗《にと》。

俺がこれまで、見たことのない表情――。

――短く間を空けて、スピーカーから五十嵐《いがらし》さんの声が聞こえる。

『ああ、えっと……大久保《おおくぼ》の、総合病院。大丈夫だよ。もう状況は落ち着いたから……』

「まだしばらく、そこにいる⁉」

『えっと、うん。会計済ませて、それから帰る感じだけど――』

「――今から行く！」

椅子から立ち上がり、叫ぶように二斗《にと》は言った。

「わたしもそっち行くから、ちょっと待ってて！」

――ｍｉｎａｓｅさんが、ぎくりとこちらを見る。

もう一人の男性スタッフ――確か矢野《やの》さんも、緊張の面持ちで二斗《にと》を見る。

『え、今から？』

「うん、向かうから」

『……千華《ちか》が、こっちに来るの？』

「そう！　とりあえず、ロビーに行けばいいよね」

言いながら、椅子を立つ二斗《にと》。

彼女は傍《かたわ》らに置いてあったバッグを手に取り、その場を離れようとする。

けれど――、

『……千華《ちか》、このあと配信ライブでしょ？』

落ち着いた声で、五十嵐《いがらし》さんはそう返す。

『大丈夫だよ、そっちに集中して……』

「……でも！　それどころじゃないでしょ！」

『千華《ちか》だって、ライブじゃない』

「いいよ、今はそんなの！」

その言葉に――五十嵐《いがらし》さんは短く沈黙する。

ｍｉｎａｓｅさんと矢野《やの》さんが、固唾を呑《の》んで推移を見守る。

そして――、

『――何言ってんの！』

――大声だった。

スピーカーが割れそうなほどの大声で、五十嵐《いがらし》さんは言った。

『千華《ちか》、大事な配信だって言ってたでしょ！　絶対失敗できないんだって！』

「……だ、だけど、わたしは！」

『お互い、やるべきことがあるでしょう！』

すがりつくような二斗《にと》に、五十嵐《いがらし》さんは一歩も引かない。

『ママのことはわたしがやるし、わたしは大丈夫！　だから、千華《ちか》は千華《ちか》のやるべきことをして！』

……その言葉に。

五十嵐《いがらし》さんの強い意思の滲《にじ》む声に、二斗《にと》は気圧《けお》されたようにして椅子に腰掛けると、

「……わ、わかった」

と小さくうなずいた。

「じゃ、じゃあ、ライブはちゃんとする。……で、でも！　萌寧《もね》のために歌うから！　萌寧《もね》と、萌寧《もね》ママのために歌うから、聴けたら聴いて！」

『……ありがと』

五十嵐《いがらし》さんの声は、さっきまでと打って変わって柔らかかった。

スマホの向こうで、彼女が微笑《ほほえ》んでいるのがはっきりとわかる。

「あと、終わったらすぐに行くから！」

『わかった。それは待ってる』

「……うん。また連絡するね。それじゃ」

それだけ言って、二斗《にと》は通話を終える。

スマホをロックし、テーブルに戻して、

「……ごめんなさい、勝手なこと言って」

まずは、minaseさんと矢野《やの》さんにそう謝った。

「どうしても心配で、ライブほったらかして会いに行こうとしちゃいました……ごめんなさい」

「……ううん、大丈夫」

妹を見つめるような目で、minaseさんは二斗《にと》に首を振ってみせる。

「頑張ろうね、ライブ……」

「……はい！」

――五十嵐《いがらし》さんは変わった。

自分のありたい姿を、大切にしたいものを見つけた。

だから今回――二斗《にと》も変わることができた。親友として、彼女に向き合えた。

これが――彼女たちの、新しい関係。

「……よし」

うなずいて、二斗《にと》の表情が切り替わる。

「やろう。絶対成功させる――」

彼女がまとう、怜悧《れいり》なオーラ。

表情が落ち着き、口元が引き締まり、目が涼しげに細められる。

けれど――なぜだろう。

彼女はどこか、いつもの二斗《にと》の雰囲気を残している気がして。

部室で見る、裸足《はだし》の二斗《にと》と同じ息づかいな気がして、

「……頑張れ」

俺は、ごく自然にそんな言葉を、彼女にかけたのだった。

「頑張ってな、二斗《にと》」

「うん」

二斗《にと》もこちらを見ると。静かにうなずいて笑った。

＊

――開始段階で、同時視聴者数は一万人を超えていた。

ｎｉｔｏの、初めての生配信ライブ。

彼女の自宅のリビングで、これから始まる彼女の演奏――。

薄暗い間接照明に照らされた彼女は、モニタリング用のディスプレイ越しに見ても、そして
こうして間近でこの目で見ても――はっきりとわかる極限の集中状態にあった。

加速するコメント欄。膨れ上がっていく同時視聴者数。

こうして見る限り、回線にも問題なし。

先日サキさんが悩まされた不調は、少なくとも今回は発生していないらしい。

彼女は――たっぷりと間を取ってから、うつむいていた顔を上げる。

そして、マイクに顔を近づけ、

「――はじめまして」

第一声、そう言った、

「ｎｉｔｏです。よろしく」

――背筋が泡立つのを感じる。

ただ、挨拶をしただけなのに。

自分の名前を名乗っただけなのに――大きく脈打つ感情。

心臓の鼓動がうるさくて、配信に乗ってしまわないか心配になる。

微動だにできなくて、背中を汗が一筋伝わっていった。

そして彼女は――、

「……ごめんね」

なぜかそう言って——笑った。

「せっかく集まってもらったけど……今日はね、一人の友達のために、歌いたいと思うんです。小さい頃からずっと一緒の、親友のために」

——ずっと一緒の親友。

そうだ、きっとそれは二斗《にと》が二斗《にと》であっても、nitoであっても変わらない。

本当は、ずっと変わらないものだったんだ。

ただ、掛け違えた。これまでの彼女は、目の前のことに取りすがって、知らず知らずのうちに手放してしまった。

それでも、今回は違う。二斗《にと》は——ちゃんとその手を摑《つか》んだ。

「だから、それでもよければ」

軽やかな声で、二斗《にと》は続ける。

「一生懸命歌うから、最後まで聴いていってくださいね」

そして、俺は気付く。二斗《にと》がnitoとして人前で笑うのは、初めてなことに。

一度目の高校生活でも二度目の今回も、その笑顔を人前に晒《さら》すのは初めてであることに。

——一層加速するコメント欄。

反応はほぼ全てが好意的なもので、さらには同時視聴者数までもう一段階大きく増えて、俺の心臓は大きく跳ねる。

そして、

「じゃあ、聴いてください……」

二斗《にと》が言い。彼女の初めての、配信ライブが始まった――。

エピローグ　epilogue

「――本当に本当に、ごめんなさい！」

「いやいやいや！　だから俺も、マジで強引すぎたなと思ってるから！」

謝罪合戦になっていた。

久々に参加した、フットサルの活動。

そこで顔を合わせた五十嵐《いがらし》さんと三津屋《みつや》さんは――お互いエラい勢いで謝り合っていた。

「でも、わたしも本当に軽率というか……」

「そうなるのを仕向けたのは俺なんだから……」

……あのあと。二斗《にと》の配信ライブの翌日。

五十嵐《いがらし》さんは三津屋《みつや》さんと会い……やっぱり別れてくださいとお願いしたらしい。

付き合い始めてすぐな上、唐突かつ身勝手なお願いだ。散々揉《も》めることを覚悟していたものの……意外にも三津屋《みつや》さんはそれをどこか見越していたように了承。

さらには「正直、無理言って付き合わせたって自覚してたから……」と、むしろ反省の様子だったらしいのだ。

どうやら、彼は彼で五十嵐《いがらし》さんの様子に疑問を持っていたようで。「こっちが年上なのに「気付けずにごめん」なんて謝罪までされたとのこと。

そして今回――久々に対面し。

二人はその続きをこの場で始めてしまった、というわけだった。

「にしても、本当にわたし、自分の勝手で酷《ひど》いことを……」

「いやいや、マジでいいって……」

終わることのないそのやりとりに、周囲の面々も苦笑している。

別れることにはなってしまったけど。彼氏彼女になることはなかったけれど、この雰囲気ならさほど気まずい思いをすることもなく、これからもお友達でいられるかもしれない……。

「……というか」

と、三津屋《みつや》さんはふいに気付いた顔になり、

「これで諦めない……ってのは、萌寧《もね》ちゃん的にあり？」

「……諦めない、ですか？」

「うん。結果として一度振られた形だけど、俺も焦《あせ》りすぎてたから。ここから、改めてアプローチさせてもらうのは、ありかな？」

「……あー……」

ようやく理解できた様子で、五十嵐《いがらし》さんは一度うなずく。

そして——うつむくと、酷《ひど》くもじもじし。

隠しようもなく照れくさそうに、こう答えたのだった。

「それはまあ……なしではないです……」

こうして、三津屋《みつや》さん、五十嵐《いがらし》さんの関係も新しい形に。五十嵐《いがらし》さんに片思いする三津屋《みつや》さ

ん、という形に落ち着いたのでした――。

＊

「――まあわたしは、付き合うの自体賛成してなかったからね」

その日の帰り道。

フットサルの見学に来ていた二斗《にと》が、電車の隣の席に座る五十嵐《いがらし》さんにそう言った。

「こうなったのは、納得の結果かなー」

「いや二斗《にと》、ほとんど意見言ってなかっただろ……」

それを聞きながら、思わず俺は苦笑してしまう。

「五十嵐《いがらし》さんに色々聞かれても上の空だっただろ……後出しがすぎる」

いやマジで、あの頃酷《ひど》かったからな……。

ダブルデートするだけして、後半は自分の世界に入っちゃうし……。

しかたない部分はあったと思うけど、もうちょい謙虚にしてもいいんじゃないんですか？

「それに……五十嵐《いがらし》さんとしても、完全に振ったわけでもないいんだからな」

言って、俺はちらりと五十嵐《いがらし》さんの方を見る。

「このあと向こうが頑張って、付き合うって可能性もあるんだから。まだどうなるかわかんねえぞ」

「えー、マジでその流れありえるかなあ……」

なぜか二斗《にと》は、ちょっと不満そうに。不安そうに眉を小さく顰《ひそ》める。

「ここから大逆転とか、ありえそうかなあ……」

……なんでそういうリアクションになるんだよ。

五十嵐《いがらし》さんだって、彼氏くらいほしいかもしれないわけで。親友として、二斗《にと》もそれを応援してやればいいのに……。

と、

「……えー、そんなこと言ってさ」

五十嵐《いがらし》さんが。それまで黙って話を聞いていた彼女が、ニヤニヤしながら二斗《にと》の方を見る。

そして──、

「千華《ちか》……もしかして、わたしに彼氏ができたら寂しいの？」

「……はあ⁉」

「わたしが、誰か男子とラブラブになっちゃうの、寂しいんじゃない？」

……え、マジ⁉

二斗《にと》のリアクション、そういうことなの⁉

ここでまさかの……二斗《にと》が独占欲発揮⁉

さすがに、そんなことはないんじゃないか……。

なんとなく、気紛《きまぐ》れでしゃべってるだけなんじゃ……と、二斗《にと》の方を見ると。

彼女《ひど》は――顔を真っ赤にして。

酷く悔しそうな、恥ずかしそうな顔でぷるぷる震えていた。

「……図星かよ！」

「ち……違うし！」

二斗《にと》はそう言って、首をブンブン振る。

「ただわたしは、心配してるだけだし！」

「はいはい」

「やっぱり大学生って、ちょっと危ないとこあると思うし！　向こう、モテそうだし！」

「そっかそっか、わかりましたよー」

五十嵐《いがらし》さんは、そう言って楽しそうに笑う。

「千華《ちか》は本当に、わたしのことが大好きだなあ……」

……きっとその通りなんだろう。

五十嵐《いがらし》さんも二斗《にと》も、たぶんときどきそれが見えなくなってしまうけれど。

雑に扱ってしまうこともあるけれど……本当は、お互いのことを心から大切に思っている。

だからこそ、幼稚園の頃から今まで、親友という間柄でいられたんだ――。

「ていうか、自分は坂本《さかもと》っていう彼氏を作っといてさー。千華《ちか》、わがままずぎだよね」

「あー、それな」

「だから違う！　別に寂しくない！」

「じゃあ、今からわたしが三津屋《みつや》さんに『やっぱり付き合う』って言ったらどう？　別に寂しくない？」

「……」

「ほら！　寂しそうな顔するじゃん！」

五十嵐《いがらし》さんは、楽しそうにケラケラ笑う。

その表情に——これが二人の新しい関係なんだと。

五十嵐《いがらし》さんと二斗《にと》が見つけた姿なんだと、俺は改めて実感する。

「でもまあ……」

と、荻窪駅《おぎくぼえき》について、電車を降りながら。

五十嵐《いがらし》さんは、二斗《にと》を振り返って笑う。

「マジで付き合うことになったら、ちゃんと祝福してよ。わたし、千華《ちか》には祝われたい」

「……それはもちろん」

未《いま》だに納得のいかない顔のまま、二斗《にと》は五十嵐《いがらし》さんにうなずいた。

「三日三晩、パーティし続ける……」

「盛大すぎでしょ」

「わたし、曲作って生披露する……」

「もうお金取れるじゃん、そのパーティ」

そんなことを話ながら、改札を抜けたところで五十嵐《いがらし》さんは立ち止まる。

そして、こちらを振り返ると、

「じゃあわたし、スーパー寄って帰る」

そう言って、俺たちに笑ってみせた。

「今日はママの——退院パーティの日なんだ」

*

「——きっと帰ってくるよ」

そして——三年後の世界で。

待ち合わせ場所の公園で、十八才の五十嵐《いがらし》さんは俺にそう言う。

「千華《ちか》は、ちゃんと帰ってくる。だから、わたしはここで待ってるよ……」

その表情は、幼い妹を見守る姉のようで。

今まで見たことがないほど落ち着いているように見えて、

「……そっか」

俺は、自分の気分がずいぶん軽くなったことを自覚する。

「だよな……きっと、帰ってくるよな」

――三年後の未来。

五十嵐《いがらし》さんと二斗《にと》の関係が改善し、今も親友であり続けるこの状況でも――二斗《にと》の失踪という、結末は変わらなかった。

彼女は「きっと戻ります」という手紙を残して失踪。

それから十日以上経《た》つ現在も、連絡が取れない状況らしい。

……正直、落胆はした。

結構期待していたんだ。五十嵐《いがらし》さんと親友でい続ければ、二斗《にと》は追い詰められないんじゃないか。今度こそ、失踪を回避できるんじゃないかと。

けれど――結末は変わらず。

どうやら、彼女が追い詰められてしまう原因は、今も取り除けていないらしい。

「……大丈夫？」

五十嵐《いがらし》さんは、言いながら俺の顔を覗《のぞ》き込む。

「坂本《さかもと》……ずいぶん凹《へこ》んでる感じだけど」

「……ああ、そうだな」

頭をかき、俺は彼女に素直にそう認めた。

「やっぱきついわ。どうしてこうなったんだろう。なんであいつ、こんな……」

「……まあ、そうだよね」

言って、五十嵐《いがらし》さんは俺に笑ってみせる。

「それは、わたしも気になる。何が悪かったのかな。わたしに何かできなかったのかなって……」

「……だよな」

「けど」

言って――彼女はこちらを見ると、

「わたしは、あの子が強いことを知ってるから」

確信に満ちた声で、俺にそう言う。

「親友として、強いところをたくさん見てきたから。戻ってきたときに、笑顔で迎えようって、そう思ってるんだ」

「……そっか」

その言葉に――俺は、改めて理解する。

――少なくとも、前進はしている。

表面上は変わらないかもしれない。
二斗《にと》の結末や、俺たちの置かれている状況は変わらないのかもしれない。
それでも――二斗《にと》と別れ、何もできなかった最初の三年からは大きく前に進んでいる。
これからも、探したいと思う
二斗《にと》といられる未来を。俺が、彼女と並んでいられる「現在」を――。
だから――思い付く。自分の中で、覚悟が決まる。

――『仲間』を増やそう。

過去の世界で、一緒に戦える『仲間』を手に入れよう。
もちろん、その『相手』なんて、一人しかいない――。

＊

そして――、

「……俺、未来から来たんだ」


戻ってきた、三年前の世界。

俺は——目の前の女の子に。

黒髪のボブヘアー。すねたような目と小柄な身体《からだ》の後輩。

中学時代の真琴《まこと》に、そう告げた——。


「俺、三年後の未来から。真琴《まこと》が、俺の後輩になった未来から来たんだ……」


真琴《まこと》は、その言葉に目を見開く。

しばらくぽかんと口を開け、一ミリだって意味を理解できない様子で——、

「……何を、言ってるんですか？」

呆然《ぼうぜん》と、俺に尋ねる。


「未来からって……一体、どういう……」

あとがき

『はだこい』を書くにあたって、目標がいくつかありました。

最高傑作にすること（毎シリーズ掲げる目標）。

二斗《にと》というキャラクターをかわいく描くこと。

文体に関することや構成に関することや、結果に関する目標。

そういうのがたくさんある中で、特に意識していたのが『自分自身が、作家として変化していくこと』でした。

一つ壁を越えた感じがあったんですよね。『はだこい』を書く前に。

『三角の距離は限りないゼロ』でたくさんの方に読んでもらえて、『日和ちゃんのお願いは絶対』で自分の理想を形にできた。『恋は夜空をわたって』では、新たに素敵な人たちとたくさん出会うことができた。

作家として、とても幸福な時期だったなと思います。実際、満足感がすごくありました。

ただ、そこで止まってしまうのが本当に怖かった。

進歩をしなくなるというか、自分のスタイルを決めつけてしまうというか……なんか、そうなってしまったらまずいなという気持ちがあったんですよね……。

だからこの『はだこい』では、これまでの自分の良さは引き続き出しつつ、どんどん新しいチャレンジをしていきたいなと思っています。電撃文庫も、面白ければ何でもありって言ってるし。

そういう意味でこの二巻は、自分の枠を良《い》い意味で外れることのできた巻になりました。

構成とかストーリーとか展開とかキャラとか。自分一人では思いつけないようなことも、担当S氏と相談しながら挑戦することができたんじゃないかな。

とても良《い》い巻を書けたなと思っています。キャラに対する愛着も、自分の中で深まりました。

あと単純に、書いてててすごく楽しかった。

皆さんにも楽しんでいただけているといいのだけど。

これからも、このシリーズではどんどんチャレンジをしていきたいなと思っています。もちろん、それと同時にお話にも全力で取り組むので、どうぞご期待ください……。

ここからさらに、めちゃくちゃ面白くするアイデアは浮かんでいるからね。

ということで、本作の執筆を支えてくださった皆様、いつもありがとう。

イラストを描いてくださったＨｉｔｅｎさん。毎度期待を大きく超えてくださって、驚かされてばかりです。本当にありがとうございます。

そして何より、今作を手に取ってくれた皆さん。ありがとうね。

また次巻でお会いできますように！

岬《みさき》鷺宮《さぎのみや》

◉岬　鷺宮著作リスト

「失恋探偵ももせ1〜3」（電撃文庫）
「大正空想魔術夜話　墜落乙女ジェノサイド」（同）
「魔導書作家になろう！1〜3」（同）
「読者《ぼく》と主人公《かのじょ》と二人のこれから」（同）
「陰キャになりたい陽乃森さん　Step1〜2」（同）
「三角の距離は限りないゼロ1〜8」（同）
「日和ちゃんのお願いは絶対1〜5」（同）
「空の青さを知る人よ　Alternative Melodies」（同）
「恋は夜空をわたって1〜2」（同）
「あした、裸足でこい。1〜2」（同）
「失恋探偵の調査ノート〜放課後の探偵と迷える見習い助手〜」（メディアワークス文庫）
「放送中です！にしおぎ街角ラジオ」（同）
「踊り場姫コンチェルト」（同）
「僕らが明日に踏み出す方法」（同）

本書に対するご意見、ご感想をお寄せください。

ファンレターあて先
〒102-8177　東京都千代田区富士見2-13-3
電撃文庫編集部
「岬 鷺宮先生」係
「Hiten先生」係

本書は書き下ろしです。

電撃文庫

あした、裸足《はだし》でこい。2

岬《みさき》 鷺宮《さぎのみや》

◇◇◇

2022年12月10日　初版発行

発行者　山下直久

発行　株式会社KADOKAWA
〒102-8177　東京都千代田区富士見2-13-3
0570-002-301（ナビダイヤル）

装丁者　荻窪裕司（META＋MANIERA）

印刷　株式会社暁印刷

製本　株式会社暁印刷

ISBN978-4-04-914496-3　C0193　Printed in Japan

電撃文庫　https://dengekibunko.jp/

電撃文庫創刊に際して

文庫は、我が国にとどまらず、世界の書籍の流れのなかで〝小さな巨人〟としての地位を築いてきた。古今東西の名著を、廉価で手に入りやすい形で提供してきたからこそ、人は文庫を自分の師として、また青春の想い出として、語りついできたのである。

その源を、文化的にはドイツのレクラム文庫に求めるにせよ、規模の上でイギリスのペンギンブックスに求めるにせよ、いま文庫は知識人の層の多様化に従って、ますますその意義を大きくしていると言ってよい。

文庫出版の意味するものは、激動の現代のみならず将来にわたって、大きくなることはあっても、小さくなることはないだろう。

「電撃文庫」は、そのように多様化した対象に応え、歴史に耐えうる作品を収録するのはもちろん、新しい世紀を迎えるにあたって、既成の枠をこえる新鮮で強烈なアイ・オープナーたりたい。

その特異さ故に、この存在は、かつて文庫がはじめて出版世界に登場したときと、同じ戸惑いを読書人に与えるかもしれない。

しかし、〈Changing Times,Changing Publishing〉時代は変わって、出版も変わる。時を重ねるなかで、精神の糧として、心の一隅を占めるものとして、次なる文化の担い手の若者たちに確かな評価を得られると信じて、ここに「電撃文庫」を出版する。

1993年6月10日
角川歴彦